관상왕의
1번룸

관상왕의 1번 룸 3

가프 장편 소설

초판 1쇄 찍은 날 § 2015년 6월 10일
초판 1쇄 펴낸 날 § 2015년 6월 17일

지은이 § 가프
펴낸이 § 서경석

편집책임 § 한준만

펴낸곳 § 도서출판 청어람
등록번호 § 제387-1999-000006호
등록일자 § 1999. 5. 31
어람번호 § 제1-2146호

주소 § 경기도 부천시 원미구 부일로 483번길 40 서경B/D 3F (우) 420-822
전화 § 032-656-4452 팩스 § 032-656-4453
http://www.chungeoram.com
E-mail § chungeorambook@daum.net

ⓒ 가프, 2015

ISBN 979-11-316-90267-3 04810
ISBN 979-11-316-90237-6 (세트)

가프 장편 소설

관상왕의 1번룰

③

FUSION FANTASTIC STORY

도서출판 청어람

CONTENTS

제1장

겁악제〈빈〉

"오늘은 마음껏 드시고……."

길모, 천 회장의 관상을 보더니 마침내 입을 열었다.

"보름 안에 병원을 가보시기 바랍니다."

"……?"

주목하던 천 회장의 눈이 한 번 끔뻑거렸다.

"그게 단가?"

천 회장이 물었다.

"답니다. 왜냐면 그 모든 것보다 회장님의 목숨이 중요하니까요."

"내 목숨이 걸린 일이다?"

"자칫하면……."

"그럼 병원 어느 과 말인가?"

"심장 검사를 받으시면 됩니다."

"심장?"

천 회장이 토끼눈을 하는 사이에 모상길이 끼어들었다.

"기간을 더 정확히 볼 수도 있나?"

그러자 길모, 다시 천 회장의 관상으로 눈을 돌렸다. 길모의 안광이 반짝 빛을 더했다.

"16일 반나절… 그걸 넘기면 위험합니다."

짝짝짝!

길모의 말이 끝나기도 전에 모상길이 박수를 치기 시작했다.

"낯빛의 장단고저후박(長短高低厚薄)까지 읽어 내다니. 과연 8천만 원이 아깝지 않은 기재(奇才)로고."

"모 대인님!"

천 회장의 시선이 모상길에게 옮아갔다.

"16일 하고 절반이라? 나는 한 달 정도로 읽었건만."

모상길은 오히려 길모 쪽으로 눈길을 돌렸다.

"얼핏 보기엔 그렇습니다만 낯빛의 색과 길이를 고려하면……."

"역시 그렇군. 꿰뚫는 눈이 다른 게야."

길모와 모상길이 선문답을 나누자 천 회장은 더 조바심이 났다. 하지만 그는 모상길의 성격을 잘 아는 바 조른다고 답을 내줄 사람이 아니었다.

"에라, 천기를 주무르는 두 양반과 함께 있으니 겁날 것도 없는 일. 술이나 마시겠습니다."

천 회장은 단숨에 잔을 비워냈다.

"또 모시게 되길 희망합니다."

술자리의 끝이 보이자 길모는 마음을 다해 두 사람에게 예를
갖췄다. 딱히 엄청난 매상 때문만이 아니었다. 바로 알아주는
사람을 만난 것.

중국 진나라의 예양은 말했다. 남자는 자기를 알아주는 사람
을 위해 죽는다고. 그런 두 사람과 가진 시간은 돈을 떠나 행복
한 일이었다.

"아마 회장님이 병원에 다녀오시면 다시 만나게 될 겁니다.
그렇지?"

모상길이 길모에게 확인을 구했다.

"아마……."

"어이쿠, 그럼 내일 당장 병원에 가봐야겠습니다."

천 회장은 재력에 비해 사람이 좋았다. 권위가 있지만 함부로
휘두르지 않았다. 말하자면 심상까지 좋은 사람이었다.

그래도 돈은 받았다.

길모는 웨이터. 그 본분은 결코 망각하지 않았다. 다만 술값
은 딱 8천만 원으로 잘랐다. 모상길이 미리 비운 꼬냑은 서비스
로 주었다. 그건 처음부터 서비스였기 때문이었다. 그렇다고 해
도 방 사장이 배팅한 금액을 상쇄하고도 남을 굉장한 매상이었
다.

"이야, 홍 부장! 이 귀염둥이 짜식아!"

두 귀빈을 배웅하고 내려오자 방 사장이 두 팔을 쫙 벌리며 달려들었다. 통장으로 입금된 8천만 원을 확인한 모양이었다.

"내가 너 진짜 다시 봤다. 아, 이런 놈이 왜 옛날에는 그렇게 찌질하게 굴었대?"

두 손으로 길모의 얼굴을 잡고 부비부비까지 하며 애정을 과시하는 방 사장.

"홍 부장은 코이인 모양입니다."

서 부장이 끼어들었다.

"코이?"

방 사장이 묻자,

"큰물에서는 크게 자라고 작은 물에서는 작게 자라는 고기가 있다더군요. 홍 부장이 그런 경우인 거 같습니다. 그런 인물을 진상 처리나 시켰으니……."

서 부장은 시기하지 않았다. 길모는 그게 고마웠다.

"야, 앞으로도 말만 해라. 네가 원하면 한정판 양주에 경매용이라도 사다 안겨줄 테니까."

방 사장의 목소리에는 애정이 가득했다. 그 또한 길모를 기분 좋게 만들었다.

'천경대 회장님……'

빈 병으로 남은 로얄살루트 50년산을 보며 길모는 생각에 잠겼다. 그의 관상은 좋았다.

오악부터 그랬다.

오악은 얼굴을 다섯 부분으로 나누어 보는 관상법이다. 코, 이마, 광대뼈, 뺨, 그리도 턱뼈. 그 어디를 봐도 흠잡을 데 없는 모양이 나왔다.

'상은 호랑이…….'

게다가 백호의 상이다. 호랑이 상에도 여러 가지가 있지만 그는 펄펄 사냥하는 기상의 호랑이였다. 귀까지 얼굴보다 흰빛이었으니 귀인 중의 귀인. 말년에도 영화를 누릴 상인 것이다.

다만!

딱 하나의 부족함이 있었다. 바로 인당이었다. 미간 사이의 인당… 길모는 그곳에서 배어나는 먹물 느낌을 보았다. 보통 관상 실력으로는 결코 보지 못할 어두운 그림자. 인당은 심장을 상징하는 곳이니 심장에 급작스러운 변화가 생기고 있다는 반증이었다.

하지만 그는 기필코 말년까지 누릴 운이었나 보다. 그렇기 때문에 그 깊은 밤에 모상길의 호출에 응한 것이다. 그는 흔쾌히 8천만 원을 썼고, 그 8천만 원은 그를 살렸다. 아니, 살리고 말 것이다.

그런데 인당의 그림자는 모상길도 읽고 있었다. 백도완의 스승이라는 모상길. 처음 보았지만 그는 대인이 확실했다. 그렇지 않고서야 그처럼 선 굵은 기행을 감행할 리 없었다.

'운명이 나를 끌었다.'

그렇게 생각했다.

만약 치기 어린 마음으로 발끈해서 문전박대를 했더라면? 오늘의 매상 기록은 결코 나오지 못했을 것이다.

관상보다 심상.

길모, 스스로 마음 잘 쓴 덕을 체험한 날이었다.

"이거 잘 닦아서 잘 보이는 곳에 장식해라. 우리 1번 룸의 첫 기록이니까."

길모는, 최고 기록이라고 말하지 않았다. 이제야 세상 섭리에 하나둘 눈을 떠가는 길모. 고작 8천만 원이 최고의 기록이 되리라고는 생각하지 않았다. 강남의 룸에서는 전설로 회자되는 2억 기록도 나온 적이 있지 않는가.

"아, 기왕이면 나도 좀 우겨넣어 주시지."

서 부장 룸에 끼어 접대를 마치고 나온 유나는 입술을 실룩거렸다. 역사적인 시간에 그녀만 다른 곳에 있었던 것이다.

"걱정 마라. 우린 이제 시작이니까."

"오빠 그거 알아요? 이제 기집애들이 슬슬 우리 팀 부러워한다는 거."

"그래?"

"전에는 우릴 완전 개밥으로 알더니 에이스들 말고는 나하고 승아한테 애교도 떤다니까요."

"당연하지. 너희는 내 에이스니까."

길모가 웃었다.

"그나저나 승아, 너도 저 술 마셨냐?"

유나가 승아를 보며 물었다. 승아는 착한 미소를 지은 채 도리질을 했다.

"어우, 바보… 그거 한 잔에 수백만 원일 텐데 한 잔도 못 마셨어?"

[응.]

"쳇, 괜히 미안해지네. 난 또 너 혼자 신 나게 맛본 줄 알고 삐쳐 있었는데……."

[어이구, 저 밴댕이 심보…….]

듣고 있던 장호는 승아 편을 들어주자,

"너도 똑같아. 오빠가 바쁘면 너라도 나 불러다 인사시켜 줘야지."

유나는 또 화풀이를 해댔다. 그 모습이 귀여워 장호가 웃자 승아도 웃고 길모도 웃었다.

"저기 형님……."

하루 매상이 마감된 시간, 길모는 퇴근하려는 서 부장을 불러 세웠다.

"왜? 한잔 쏠래?"

"시간 되시면 물론 쏘지요."

"술은 됐어. 손님 중에 대작 좋아하는 분이 몇 잔 주시는 바람에 알딸딸하거든. 손님하고 오전 부킹 약속도 있고 하니까 해장국이나 사라."

"네, 형님."

"손님하고 골프 치시는 겁니까?"

"이분이 초보거든. 친구들 몰래 실전 경험을 쌓고 싶으시다네."

길모는 고개를 끄덕였다. 어느 날 갑자기 실력자가 되어 친구들 앞에 서고 싶은 것. 그건 어릴 때뿐만 아니라 상류층도 마찬가지인 모양이었다.

길모는 팀을 데리고 해장국집으로 갔다. 반면 서 부장은 혼자 왔다. 대신 길모는 팀하고 테이블을 달리해 서 부장과 독대를 했다. 에이스에 대해 궁금한 게 있었던 것이다.

"에이스?"

국물 한 수저를 넘긴 서 부장이 고개를 들었다.

"민선아나 은수연 말이에요 걔들은 형님이 발굴해서 키웠잖아요?"

"키우긴? 원래부터 출중하던 아이들인데……."

"연예계로 나간 리아나도 실은 형님 밑에서 조커 에이스로 뛰었다면서요?"

조커 에이스.

특정 지명 손님이 있을 때만 나오는 아가씨…….

"그건 노코멘트다."

"알았어요. 아무튼 노하우 좀 알려주세요."

길모는 적극적으로 캐물었다.

"어디 봐둔 애들 있냐?"

"예. 잘될지는 모르겠어요."

"너는 에이스의 조건이 뭐라고 생각하는데?"

서 부장이 관심을 보였다.

"사이즈와 정조관념?"

길모는 느낌대로 말했다. 사이즈는 몸매와 얼굴을 뜻한다. 정조관념은 물론, 말 그대로다.

"공부 많이 했구나. 그럼 더 물어볼 것도 없다."

"제가 맞춘 건가요?"

"한마디로 말하면 후자지. 전자야 어차피 눈으로 봤으니까 에이스감이라고 찍었을 테지. 하지만 후자는 룸에 들어가서 손님들 겪어봐야 아는 거다."

길모와 서 부장이 말하는 정조관념은 일반인의 그것과는 온도 차이가 있다. 텐프로는 유흥업소다. 순결한 여자의 정조관념과는 다르다.

더구나 에이스는 노예가 아니니 자기 마음에 드는 사람과 잘 수도 있다. 더러는 소위 팔자를 고쳐서 상류층의 번듯한 고객과 '결혼' 하는 경우도 있기 때문이다.

하지만 아무 손님하고 자서는 곤란하다. 터치의 한도도 그렇다. 조율이 필요하다. 무엇이건 처음이 어렵다. 한 번 시작하면 점점 더 깊고 자극적으로 가려는 게 술 마신 남자들의 본성 중의 하나.

에이스라면!

그것까지 조율할 줄 알아야 한다. 소위 밀당의 고수가 되어야 하는 것이다. 웨이터들은 알고 있다. 몸을 주면서 손님을 끄는 에이스는 오래가지 않는다. 은밀한 밤의 유흥왕국, 룸. 둘이 저지른 일은 비밀이 될 것 같지만 절대 그렇지 않다.

SA!

걸레 에이스(Slut Ace), 줄여서 레이스!

소문이 나면, 처음에는 오히려 손님이 꼬인다. 하지만 매상이 떨어지기 시작한다. 기본으로도 녹일 수 있는 여자를 두고 누가 애가 타겠는가? 누가 비싼 술을 시키겠는가? 그저 기본을 시키고 자기 볼일을 보고 가면 그뿐.

더불어 에이스는 주량도 되어야 한다. 손님 술을 같이 대작할 필요는 없지만 몇 잔 정도는 같이 마셔줘야 한다. 그것도 밤새도록.

이것도 철저한 자기 관리가 필요하다. 기분에 따라 팍팍 마셔 댔다간 자정 이후를 견딜 수 없다. 애당초 음심을 품고 온 손님은 반색을 하겠지만 품격 높은 술자리에 들어오는 아가씨가 취해서 헤롱거린다면? 그건 있을 수 없는 일이었다.

"홍 부장이 찜한 에이스감이라니, 진짜 기대되는데?"

서 부장은 그 말을 남기고 일어섰다. 더불어 길모의 속도 후련해졌다. 길모가 생각하는 에이스론과 서 부장의 그것은 크게 다르지 않았다. 다만 다른 건 1번 룸의 에이스일 뿐이다.

길모는 머리에 구상을 새겨 넣었다.

관상왕의 1번룸.

그곳의 에이스는 승아와 채혜수. 몽환적인 혜수와 이국적인 승아. 한마디로 판타스틱이다.

그리고 활력의 2번룸.

거기 에이스는 서홍연과 유나. 걷는 것만으로도 웨이브가 되는 홍연에 재기발랄한 유나. 역시 생기발랄, 스트레스 작살팀이 될 수 있다.

그렇게만 된다면, 관상을 내려놓고도 3대 천황과 맞짱을 뜰 만한 멤버로 보였다.

서 부장에 이어 승아와 유나까지 돌아간 첫새벽, 장호가 오토바이를 닦는 사이에 길모는 전화기를 점검했다. 혹시나 분주할 때 들어온 문자 같은 게 있나 해서였다.

'응?'

대리운전 광고 문자부터 하나하나 짚어가던 길모의 눈이 휘둥그레졌다. 스팸 문자들 사이에서 나온 노은철의 문자 때문이었다.

'어젯밤 10시 10분에 들어왔었네?'

한참 바쁠 때라 길모도 모르게 씹혀 버린 모양이었다. 짱가 노은철. 그의 문자는 새벽별처럼 나른하게 반짝거렸다.

—내일 아침 8시에 가게로 찾아갑니다.

카날리아로는 오지 말라고 했었다. 하지만 영업이 끝난 후에 오는 것이니 말릴 수도 없었다. 게다가 지금은 새벽. 길모는 시작화면으로 바꾸며 장호에게 소리쳤다.

"장호야, 다시 가게로 간다!"

*　　　　*　　　　*

아침 해가 솟았다. 나뭇잎 사이로 파닥거리며 솟았다. 기다리는 동안 길모는 건물 뒤에서 파쿠르 연습을 하며 몸을 풀었다.

점프! 점프, 점프!

착지!

가볍게 뛰어내리며 랜딩과 낙법.

이어 투핸드 볼트로 뛰어넘기와 행잉을 반복했다. 30분쯤 지나가 온몸이 땀으로 젖었다. 길모를 흉내 내던 장호는 벽을 잡은 채 주르륵 미끄러져 내렸다. 라이더의 달인도 파쿠르는 흉내 내지 못했다. 길모는 그런 장호를 보며 피식 웃음을 웃었다.

커피 한 잔을 탄 길모는 1번 룸에 앉았다.

노은철!

그를 생각하니 담담해졌다. 첫 만남이 스쳐 갔다. 불과 며칠 전, 그럼에도 불구하고 시차가 느껴졌다. 그때 그는 길모의 물잔에 복어독을 넣었었다. 마셨더라면 바로 저승사자와 악수를 할 뻔했다. 그리고 이어진 호영의 혼과의 만남. 돌아보고 돌아보아도 기이한 일이었다.

저벅!

골똘한 생각을 깨뜨린 건 발소리였다.

"홍 부장님 좀 보려고."

은철의 목소리가 들렸다. 잠시 후에 장호가 1번 룸을 열었다. 그 뒤에 우뚝 선 은철이 보였다. 이제서 느끼는 거지만 그에게서는 외국물 냄새가 났다.

"반가워."

은철이 반말로 악수를 청해왔다. 그 표정이 온화해 별로 반감이 들지 않았다.

"미안, 미국 쪽 일이 바빠서 이 시간에 왔어. 홍 부장도 기다릴 것 같아서 말이지."

은철은 길모 앞의 소파에 앉았다. 길모는 '어쩔까요?' 눈으로 묻는 장호에게 나가 있으라고 지시했다.

"박길제 말이야, 22억을 기부했더군."

"22억?"

"확인해 봐."

은철이 입금액을 복사한 서류를 꺼내놓았다.

"솔직히 인사가 너무 늦은 거 아니야? 적어도 통보는 바로 해줬어야지."

길모가 슬쩍 서운함을 내비쳤다.

"기부는 기꺼운 마음으로 해야 행복한 거야. 보답을 바라면 기부나 자선이 아니지."

"내 말은 재주는 곰이 부리고 인심은 왕서방이 쓰는 거 아니냐 하는 거야."

"홍 부장이 곰이고 내가 왕서방?"

"어째 그런 거 같다는 거지."

"그럼 내 관상을 보면 되겠네. 못 믿을 놈이면 아예 갈라서야지."

"됐어."

길모는 은철의 관상을 캐내지 않았다. 관상의 궁극을 이룬 호영. 그가 선택한 사람. 그걸 다시 테스트한다는 건 호영에 대한 모욕 같았다. 대신, 다른 옵션을 걸었다.

"관상 말고 다른 걸로 당신 실력을 증명해 봐."

길모가 운을 떼우자 은철의 표정이 살짝 굳어졌다.

"뭘 원하시는데?"

"허당이 아니라는 거!"

"그럼 이거면 될까?"

은철이 전과 다른 업무용 명함을 내밀었다. 그걸 확인한 길모의 눈이 휘둥그레졌다.

〈국제변호사 Daniel Roh.〉

'국, 국제변호사?'

변호사도 아니고 무려 국제변호사? 길모는 호흡을 가다듬었다. 국제변호사는 두 개 이상의 나라에서 변호사 자격을 딴 사람을 일컫는다. 그만큼 실력이 있다는 뜻이었다.

"느껴지는 게 있나?"

"천만에, 내가 뭐 국제변호사라면 쫄 줄 알아?"

"내 신분 따위를 묻는 게 아니야. 그 이름, 호영이 지어준 거거든."

'호영?'

"알겠지만 다니엘… 신을 대신한 재판관이라는 뜻이야. 의미심장하지 않나?"

"……?"

"아무튼 말해봐. 당신은 호영이 아니니까 신뢰도 새로 쌓아야 한다는 거 알고 있어."

은철의 사고방식은 시원했다.

"기광철!"

길모는 생각하던 바를 열어젖혔다.

"기노갑 미션은 끝난 거 아니었나?"

"호영이 그에게 내린 건 끝난 거 같지만 이건 내가 변호사님께 드리는 미션이거든."

"……?"

"그 금고 안에 엄청난 현금과 부동산, 채권이 들어 있어. 나는 이미 세 번이나 열었으니 또 가기도 그렇고……."

"오케이, 감 잡았음."

"어떻게?"

"그런 인간에게 그 돈을 안겨주기는 아깝다 이거잖아? 질 나쁜 인간들이니 현금이라면 분명 상속세를 내지 않았겠지. 그러니 그건 세금 문제를 압박해서 넌지시 지르면 어렵지 않을 거야."

"아, 그렇군. 법 잘 아는 변호사니까?"

"그거야 나 도와주는 친구들 시켜도 되고……."

"좋아. 기대해 보지."

길모는 기꺼운 표정으로 물 컵을 집어 들었다.

"이번엔 독을 넣지 않았겠지?"

"미안하지만 독은 그때 한 번 쓸 분량뿐이었어."

"그럼 됐고… 나한테 알려줄 일이 있다고 했었지?"

"그랬지."

"말해봐."

묻는 길모의 눈에서 후끈, 빛이 터져 나왔다.

"그보다 나랑 함께 갈 곳이 있는데?"

은철이 길모의 눈을 바라보며 말했다.

"갈 곳?"

"피곤하겠지만 지금 같이 갔으면 해."

"어딘지 말도 안 하고?"

"가보면 알아. 백문이 불여일견."

은철이 웃으며 일어났다. 마법에 홀린 듯, 길모도 자리를 털고 일어났다.

"그걸로 가려고?"

주차장, 운전석 문 쪽에서 은철이 물었다. 길모가 장호의 오토바이 뒤에 올라탔기 때문이었다.

"이게 보기보다 쌈빡하거든. 라이더 또한 최상급이고."

"뭐 그렇다면."

은철은 더 말하지 않고 운전석 문을 열었다.

"아, 잠깐만!"

은철이 차에 타려할 때 길모가 소리쳤다. 약국 앞에 등장한 류 약사 때문이었다. 길모는 오토바이에서 내려 약국으로 뛰었다. 길모의 활력, 류 약사를 지나치기 싫었던 것이다.

"굿모닝, 류 약사님!"

셔터를 들어 올리려는 류설화에 앞서 자원봉사를 감행하는 길모. 가뜬히 힘을 쓰며 류설화를 도왔다.

"어머, 홍 부장님!"

"일찍 오시네요?"

"홍 부장님은요? 아직 퇴근 안 한 거예요?"

"아, 예… 오늘 좀 만날 사람이 있어서……."

길모가 주차장을 바라보았다. 그 앞에 선 은철과 장호가 보였다.

"음료수 사시게요?"

"네……."

길모는 얌전하게 대답했다. 그녀 앞에서는 여전히 착한 소년이 되는 것이다.

"오늘은 홍 부장님이 개시해 주었으니 일진이 좋을 거 같아요. 여기요!"

류 약사가 음료수 한 통을 내밀었다. 그걸 받을 때 손이 살짝 닿았다. 짧은 순간이지만 찌릿, 촉각이 곤두섰다.

'나도 일진이 좋을 거 같네요.'

길모는 그 말을 안으로 삼켰다.

"그런데 장호 씨랑 같이 있는 분… 카날리아 손님이세요?"

"아뇨. 그냥 저랑 아는 사이인데… 왜요?"

"아, 아뇨. 어디선가 본 거 같아서요."

"데려와 볼까요?"

"아뇨. 별말씀을……."

"그럼 수고하세요."

길모는 활기찬 인사를 남기고 약국을 나왔다.

"받아!"

길모는 음료수를 통째로 은철에게 안겼다.

"나 주려고 사신 건 아닌 거 같은데?"

그도 눈치가 있는 사람이다. 그래서인지 선뜻 받지 않고 길모를 바라보았다.

"어허, 받으세요. 그 음료수는 무쟈게 특별하니까. 그렇지?"

길모는 장호의 동의를 구하며 다시 오토바이에 올랐다. 은철은 어깨를 으쓱한 후에 시동을 걸었다.

부릉!

바다당!

자가용과 오토바이가 동시에 출발했다. 장호는 곧 짜증을 냈다. 오토바이가 자가용을 따라가는 것. 쉬운 일이 아니었다. 지루하기 때문이다. 더구나 은철은 차분한 모범운전자였다. 장호는 자가용과 어깨를 나란히 달렸다. 그러다 가끔은 앞바퀴를 들기도 하고 지그재그 묘기도 부리며 지루함을 달랬다. 운전하던 은철이 유리 사이로 엄지를 세워 보였다.

얼마나 달렸을까? 큰 도로 뒤의 이면도로에 접어든 은철이 속도를 줄였다. 창 사이로 나온 그의 손이 아담한 주택을 가리켰다. 작은 길가에 자리 잡은 2층 집. 소박하면서도 개성이 가득한 집이었다.

"여기야!"

넓은 마당에서 멈춘 은철이 집을 보며 말했다. 마당에는 소형차 몇 대가 주차되어 있었다.

"노 변호사 집?"

길모가 물었다.

"NO, 유어 하우스!"

"나?"

"그래. 홍 부장 당신."

"조크야 뭐야? 아니면 박길제 기부금으로 산 거?"

"이 집… 호영이 관상 봐주고 받은 거야. 그러니 어쩌면 당신 집이라고 해도 무방하지 않을까?"

"……?"

"아마 몇 해 전이었지? 어떤 사업가가 동업자 관상을 봐달라고 왔었나 봐. 호영이 고개를 저었지. 완전 사기꾼 관상이었다나? 액운을 피한 사업가가 고마움의 표시로 이 집을 호영에게 주었어."

"그런데 왜 지하 셋방에서?"

"호영이 이걸 바로 우리 재단에 기부했거든."

"헤르프메?"

"그래. 여기가 바로 헤르프메 커맨드 센터이자 베이스야!"

은철의 손이 현관 앞에 달린 작은 청동 간판을 가리켰다.

〈헤르프메.〉

그리고 그 아래 쓰여진 영문. Help Me…….

[으악, 헤르프메가 헬프 미였어요.]

장호가 버벅거리며 수화를 보내왔다.

'헤르프메…….'

길모는 헛웃음이 나왔다. 경험이 있기 때문이었다. 어릴 때

만화를 보던 때였다. 간단한 영어가 말풍선으로 나왔다. 바로
'Help Me'였다. 겨우 알파벳 정도 떼고 있던 길모, 그걸 헤르프
메로 읽었다. The End의 The가 왜 '더'로 읽히는지 몰랐을 때
였다. '디'는 말할 것도 없고⋯⋯.

"하핫, 헤르프메⋯⋯."

길모가 웃자,

"이름 때문인가? 다들 영문을 알고 나면 그런 반응을 보이더
군. 한 방 맞은 느낌이라나?"

"아무튼 독특해서 좋네."

"들어가지. 직원들이 기다릴 거야."

"직원들?"

길모가 돌아보는 사이에 은철은 현관문을 열었다. 그러자 젊
은 남녀 직원 몇 명이 밝은 미소로 길모와 장호를 맞았다.

"우리 직원들… 일부는 캐나다와 미국에서 와준 분도 계셔."

은철이 금발의 아가씨와 벽안의 백인 청년을 가리켰다. 그러
자,

"환영합니다. 홍 부장님!"

하며 길모에게 손을 내미는 게 아닌가? 그들은 이미 길모를
아는 눈치였다. 길모, 일단 악수부터 나눴다.

안으로 들어서자 회의실이 보였다. 주택을 사무실로 꾸민 실
내는 정겨웠다. 딱히 고급스럽지 않지만 소박하면서도 편안한
분위기였던 것이다.

"소박하고 좋네?"

차를 받아 든 길모가 주위를 보며 말했다.

"호영의 뜻이니까."

'호영?'

"그는 과분한 것, 사치스러운 걸 싫어했어. 생전에 존경하던 인물도 장기려 박사였지. 의사지만 가난한 사람들을 위해 평생을 바치고 재산이라곤 초라한 한 칸 집이 전부였던 청빈한 분……."

"……."

"소감이 어때?"

"글쎄… 아직은……."

"아직은 활동이 미미해. 내 수임료와 뜻있는 분들의 기부로 활동하는데 손이 닿지 않는 곳이 많아. 하지만 이달엔 홍 부장 덕분으로 많은 사람에게 제대로 도움을 주게 될 것 같아."

"나?"

"박길제… 그 기부의 뒤에는 홍 부장이 있는 거 아니었나?"

"……."

"우선 결정을 내리기 전에 우리 재단의 원칙부터 말해줄게."

'원칙?'

길모가 고개를 들었다.

"우리 재단은 지원금 교부에 있어 세 가지 원칙으로 집행하고 있어. 최소 인간성 유지의 원칙, 미래지향의 원칙, 마지막으로 현상 유지 원칙……."

"……."

"세 가지 공히 피해자 우선 구제가 공통이고."

"피해자 우선 구제라면?"

"억울하게 당하고 억압받은 사람, 그 사람들을 우선 구제한다는 거야."

"좀 복잡한데?"

길모는 식은 차를 한 모금 넘겼다.

"뭐 일단 어떤 일을 하든 큰 밑그림은 있어야 하니까 정한 거고, 간단히 말하면 억울하게 당한 사람들 도와준다 그런 거지."

"그렇게 말하니 와 닿는군."

길모, 그제야 가슴을 펴며 웃었다.

"지원자 선별은 주로 인터넷 블로그나 카페가 맡고 있어. 복수의 블로그나 카페를 운영하면서 거기 올라온 억울한 사연이나 사람들을 골라내거든. 그런 다음에 확인을 거쳐 지원을 결정하는 거야."

"나한테 이렇게 자세히 설명할 필요는 없는 거 같은데?"

"홍 부장은 자세히 알아야 해. 왜냐면, 헤르프메의 공동대표가 되어야 하니까."

"공동대표?"

은철의 느닷없는 발언에 길모와 장호의 눈이 휘둥그레졌다.

"당연하지 않나?"

"그것도 호영의 뜻이었나?"

길모가 물었다.

"아니, 그건 내 생각이야. 그래야 책임감도 느끼고 동시에 보람도 느낄 테니까."

"NO!"

길모가 고개를 저었다.

"왜지?"

"그냥 지금처럼 당신이 맡아. 보아하니 신분도 빵빵해서 사람들 신뢰를 얻는 것도 쉬울 것 같은데."

"미안하지만 미국에서는 널린 게 변호사라네."

"당신이 미국 사람이라는 건가?"

길모가 물었다.

"영주권은 가지고 있지만 한국에서도 변호 활동을 하고 있어."

"……?"

길모의 눈이 또 휘둥그레졌다. 한국과 미국에서 변호사 활동을 하며 미국 영주권까지. 처음에 생각하던 호모 비슷한 허접과는 거리가 먼 사람이었다.

"아마 호영은 당신을 생각하고 있었을 거야. 그러니 고집부리지 말고 허락해 줘."

"NO!"

길모는 다시 한 번 거절 의사를 밝혔다. 딱 적합한 사람이 있었기 때문이었다.

"도명재?"

길모가 이름을 대자 노은철이 고개를 들었다.

"내 아버지 같은 분이자 내가 존경하는 유일한 분이서. 오랫

동안 가난한 사람들과 장애인의 복지를 위해 일해 온 분이니 그분이 맡으면 금상첨화가 아닐까?'

"놀랍군. 그분과 친분이 있다니?'

"노 변호사도 그분을 아나?'

"뵌 적은 없지만 당연히 알지. 음지에 숨은 의인 중 한 분이 아니신가? 그분이라면 오케이. 더구나 홍 부장과 친분이 각별하다니!'

은철은 흔쾌히 수락했다.

"땡큐. 텐프로 웨이터보다야 그분이 백번 낫지."

"도명재 씨라니 두말없이 받아들였지만 기부에는 신분이 필요 없어. 사실 기부는 낮은 신분의 사람들이 자기 몫을 아껴 보탤 때 더 가치가 빛나는 법이야. 우리 정기 기부자 중에는 박스를 주워서 매달 3천 원을 보내는 할머니도 있거든."

"박스 할머니?'

"그분 하루 수입이 3,000원이야. 하지만 한 달에 하루 정도는 좋은 일을 하고 싶다시더군. 솔직히 그보다 더 빛나는 기부가 있을까?'

"······!'

은철의 말에 길모는 대답하지 못했다. 하루 3000원. 정말 껌값도 안 되는 돈이지만 자기의 인생에서 한 달에 하루를 기부한다면 의미가 다른 얘기였다.

"반면에 기부를 생색용이나 이미지 관리용으로 악용하는 인간들도 많지. 예를 들면 인기스타 곽채인 같은······."

[곽채인? 이 부장님 손님이잖아요?]

장호가 바삐 수화를 그렸다.

"맞아. 그 사람은 기부가 생활화되었다던데? 저번에 알려진 것도 기자들에게 뒤를 밟히는 바람에 공개되었고……."

"푸훗!"

길모의 말을 들은 은철이 실소를 터트렸다.

"아니야?"

"그래서 교활하다는 거야. 그 사람들… 고도의 이미지 관리를 하는 거지. 한 번 기부하고 바로 발표하면 진정성을 의심받으니까 일부러 그런 전법을 쓰는 거야. 그런 친구들 중에는 정기 기부하겠다고 하고는 받으러 가면 우리를 버러지 취급하는 사람들도 많아. 기부금이 세금 공제를 받지 못하면 기부하지 않겠다고 영수증 가져오라는 사람도 많고."

"……?"

"하지만 다들, 기자들이 있는 장소에서는 부처님 같은 미소를 머금고 돈을 내주지. 한마디로 제사에는 관심 없고 젯밥에만 관심이 있는 거야."

"저런, 개자식들!"

발끈한 길모, 자신도 모르게 욕설을 뱉고 말았다.

"아무튼 상관없어. 기부 받은 돈에 천사와 악마가 새겨진 건 아니니까. 우린 그 돈을 가치 있게 쓰면 그뿐."

"헐!"

한숨이 나올 때 노크 소리가 들렸다.

"대표님, 준비되었습니다."

아까 본 캐나다 아가씨가 문을 열었다. 한국말 솜씨가 보통이 아니었다.

"그럼 올려줘."

은철이 사인을 보내자 아가씨는 묵례를 하고 나갔다.

"그럼 시작해 보실까요? 홍 부장님!"

은철이 차광을 하며 말했다.

"뭘?"

"지원자 결정!"

"……?"

"이번에 박길제가 보낸 기부금 말이야. 지원자 결정을 해야 하는데 그걸 맡아줘야겠어. 그래서 겸사겸사 모신 거야."

"그걸 내가?"

"왜? 문제가 있나?"

"그, 그런 걸 내가 어떻게 해?"

"왜 못하지? 그 돈을 기부하게 해준 천하의 관상박사께서?"

"그거하고 그거는 다른 거잖아?"

"다를 게 뭐야? 홍 부장이 기부한 거나 마찬가지인데 결정할 수도 있지."

"나야 할 줄 아는 건 관상보는 거 하고 술 파는 거……."

"부담 가질 필요 없어. 우리 시스템이 어떻게 이루어지는지 알아야 하니까 이번만은 맡아줘야 해. 뭐 정 안 되면 관상으로 결정해도 좋고. 문제는……."

은철의 눈빛이 장호를 가리켰다. 옆에 있어도 괜찮겠냐고 묻는 것이다.

"얘는 내 동생이나 마찬가지야. 그러니 걱정 마."

"오케이!"

길모가 잘라 말하자 은철이 컴퓨터 화면을 켰다.

'읍!'

첫 화면부터 길모는 미간을 찡그렸다. 얼굴이 엉망으로 녹은 여중생이었다.

"불량배들의 범죄에 증인으론 나섰다가 염산 테러를 당한 학생이야. 범인은 못 잡았고 정부도 관련법이 없다며 발을 뺐어. 집안이 가난해서 더 이상 수술비를 대기 곤란하지. 홍 부장이 허락하면 미국으로 데려가서 수술을 받게 하려고."

"……."

다음으로 나온 화면 역시 심한 장애아였다. 얼굴 자체가 기형아처럼 보여 계속 보면 구토가 나올 지경이었다.

"역시 집안이 가난해서 수술비를 감당할 수 없는 아이. 이 아이는 수술비만 지원되면 국내에서도 수술이 가능해."

"……."

"그리고 이 친구……."

이어진 화면은 20살 정도 된 해맑은 청년이었다.

"H대 공대에 합격한 청년이야. 원래는 서울대도 가능한 학생이었는데 홀어머니가 뺑소니를 당해 식물인간이 되는 바람에 간병하면서 공부하느라 H에 간신히 붙었어. 어머니의 수입은 끊어지고 늘어나는 병원비 때문에 진학은 꿈도 못 꾸지만 그래도 대학에 합격하면 어머니가 깨어날지도 몰라 어머니 침대 머리맡에서 공부를 했다더군."

"······."

길모의 심장이 시큰해 왔다. 엎친 데 덮치기. 그건 불행한 사람들의 공통점이었다. 신 따위는, 자비 따위는 그들에게 허락된 단어가 아니다. 그건 허무한 바람일 뿐.

"그리고······."

은철이 화면에 띄운 건 중년의 아줌마였다.

"자살한 기술자의 아내야. 남편이 평생을 바쳐 신제품을 개발했는데 개발 자금을 조금 대준 브로커가 그 권리를 뺏어갔지. 상심한 남편은 자살하고 아내가 법정 다툼을 벌여 간신히 권리를 되찾았어. 그 동안에 집안은 풍지박살이 나고 남은 건 피골이 상접하고 고단해진 영혼······. 하지만 남편의 기술에 대한 확신이 있어 은행을 찾아갔지만 대출 거절··· 남편에 대한 신뢰와 한, 거기에 제품의 기술력도 제법 괜찮아서 사업비 지원해 주면 재기 가능해."

화면은 계속 이어졌다.

길모는 목이 아파왔다. 눈물을 참고 있기 때문이다. 여태까지 자기만 불운하게 살아온 줄 알았던 길모였다. 하지만 지금 길모 앞에 놓인 사람들에 비하면 행운아였다. 그들의 삶은 상처 정도가 아니라 영혼을 난자당했다고 할 만큼 뭉개져 있었다.

"컥컥!"

결국 기침을 토하며 눈물을 떨구고 마는 길모. 장호도 팔뚝으로 눈물을 훔치느라 바빴다.

대한민국!

세계가 부러워하는 한강의 기적을 이룬 나라.

있는 돈 없는 돈 다 털어서 복지한다고 쌩 난리를 치는 나라.

그런 나라에 저런 사람들이 있다니……

길모는 은철이 준비한 화면을 다 보지도 못하고 고개를 묻었다. 그들에 비교하면 자신의 아픔과 고생은 댈 것도 아니기 때문이었다.

"이런 사람들을 돕는 게 바로 호영이 꿈꾸던 세상이야."

은철의 목소리에도 습기가 배어나왔다. 길모는 그제야 알았다. 은철이 말한 세 가지 원칙.

최소 인간성 유지의 원칙.

미래지향의 원칙.

그리고 현상 유지 원칙.

처음 본 선천, 후천 장애우들. 그들도 사람이다. 그러니 최소한의 인격을 존중받으며 살 권리가 있었다. 하지만 정부는 그걸 해주지 못한다. 정부는 그저 큰 그림을 그릴 뿐 소수자를 위한 세밀한 법은 없다. 정치인들이 잘하는 건 표 중심으로 법을 만드는 것뿐. 이건 그야말로 세계 최고 수준이다.

두 번째 학생, 미래지향에 속한다. 저들이 현실에 좌절하여

꿈을 포기하는 건 사회적인 책임. 나아가 현상 유지의 원칙이 사업가의 아내에 속했다. 조금만 밀어주면 바로 일어설 수 있는 사람들. 이 또한 정부는 온갖 법과 규제로 오히려 그들의 꿈에 덫을 내고 있었다.

"어때? 홍길모……."

은철이 길모를 바라보았다. 눈빛도 말투도 아까와 달랐다. 마치 오랜 친구 같은 말투였다.

"노 변호사."

"그냥 노은철이라고 해. 솔직히… 호영은 죽었어. 나는 그걸 알아."

"……."

"하지만 그가 너를 보냈지. 다행히 너는 그의 뜻을 이어주었고……."

"……."

"여기서 공식적으로 부탁하고 싶다. 죽은 호영의 뜻이 아니라 살아 있는 홍길모의 뜻으로, 부담이나 의무가 아니라 진정한 마음으로 참여해 달라고."

"물론."

길모는 기꺼이 대답했다.

"고맙다. 홍길모."

"나야말로!"

은철이 내미는 손을 꼭 잡았다. 뭔지 모르지만 숭고했다. 이 모든 일들… 길모가 한 번도 상상하지 못한 가치 있는 일들이 아닌가? 옆에 선 장호의 눈에서도 끝내 눈물이 방울지고 있었다.

＊　　　＊　　　＊

"받아! 길모가 기다리던 사람."

12명의 지원대상자 선별이 끝나고 장호가 오토바이를 준비하기 위해 나가자 은철이 명함 한 장을 내밀었다.

그런데 이게 웬일일까? 명함이 손에 닿기 무섭게 길모의 눈과 손에 짜릿한 느낌이 전해왔다. 길모는 이내 그 의미를 알았다.

〈차상빈.〉

명함에서 반짝거리는 이름. 마침내 '빈'이 등장한 것이다.

"이게 혹시 겁악제빈의 그 빈?"

"아마!"

대답하는 은철의 얼굴에도 비장함이 스쳐 갔다. 길모는 명함을 손에 든 채로 은철을 주목했다.

"그 인간, 호영의 부모님을 죽게 한 인간이기도 해."

"……?"

우르릉!

길모의 뇌리에 천둥이 거푸 일었다. 기다리던 빈. 그런데 무려 호영의 원수라니?

"구미가 당기나?"

은철이 묻자,

"물론!"

길모는 기꺼이 응수했다. 선량한 얼굴의 호영. 그의 원수라면 건전한 인간은 아닐 것으로 보였다.

"얘기가 좀 길 텐데… 피곤하지 않아?"

"상관없어."

"그럼 간단히 줄여서 설명해 주지."

물 컵을 집어든 은철은 물을 세 모금 넘겼다. 그런 다음, 천천히 사연을 이야기하기 시작했다.

차상빈.

그는 한국이 중국에 진출하던 초기 시절의 사업가였다. 그는 중국 땅이 황금기라며 지인들로부터 투자 자금을 끌어모았다. 중국에 공장을 세워 한국 재계의 판도를 바꾸겠다는 야심찬 프로젝트였다.

중국 현지 공장 부지와 중국 공산당 간부와 찍은 사진, 그리고 공산당의 허가서도 공개했다. 하지만 이 모든 것은 '사기'에 불과했다.

그가 끌어모은 자금은 무려 100억 원. 그중에는 절친이었던 윤호영의 아버지가 내준 3억도 포함되어 있었다. 특별히 2배로 불려주겠다는 말에 속아 친지들 돈까지 긁어모아 투자를 한 것.

초기 서너 달은 차상빈으로부터 이자가 차곡차곡 입금되었다. 그것도 은행 이자의 두 배에 속했다. 그때만 해도 호영의 아버지는 더 많은 돈을 투자하지 못한 걸 후회하고 있었다.

다섯 달째부터 이자가 밀리거나 들어오지 않았다. 그리고 두 달이 더 지난 후에 차상빈은 중국에서 사기를 당했다고 밝혔다.

채권자들이 모여 차상빈의 자금을 추적해 보았지만 중국 땅에서 벌어진 일을 일일이 캐낼 수 없었다. 설상가상으로 차상빈은 중국 공안에 체포된 상황. 결국 차상빈의 국내 재산 몇 억을 찢어가는 것으로 일단락이 되었다.

하지만!

차상빈은 오래지 않아 모습을 드러냈다. 말로는 공산당 간부의 도움으로 간신히 풀려났다고 하지만 그 말을 액면대로 받아들일 사람은 없었다.

호영이 분한 건 그가 호영의 아버지를 오히려 박대했다는 점이다. 호영의 가족뿐만 아니라 친지들까지 망하게 해놓고는 뻔뻔스럽기 그지없었던 것이다.

호영의 부모는 화병을 얻어 세상을 떠났다. 어린 호영은 차상빈을 기억에 담아두었다. 그 패악한 행위에 대해 언젠가는 복수의 칼을 휘두르겠다는 일념과 함께.

꿀꺽!

길모의 목젖이 울컥 올라왔다 내려갔다. 이야기를 마친 은철은 남은 물을 단숨에 비워냈다.

"그때 차상빈은 중국 땅에서 사기를 당한 게 아니었어. 그는 처음부터 돈을 떼어먹으려고 작정했던 거지. 미국에서 대학을 다닐 때 중국 유학생 친구가 있는데 그 친구가 중국에서 검사가 되었거든. 최근에 알아봤더니 공안에 잡혔던 것도 사소한 사고였다더군. 일부러 연출한 그 모습을 찍은 사진에 채권자들이 넘어간 거지. 중국 땅이라 섣불리 대응할 수 없었던 것도 원인이고…….'

"나쁜 새끼…….'

"그 후로 중국 땅에서 한국인을 상대로 온갖 불법과 사기를 일삼다가 한국 땅에 정착을 했는데 최근에는 보이스 피싱 조직을 관리한다는 말이 있어."

"더러운 짓은 골라서 하고 있네."

"어때? 심판해야지?'

"두말하면 잔소리지. 내가 호영을 대신해 심판해 주지."

"하지만 쉬운 상대는 아니야. 능구렁이에 여우거든. 워낙 밥 먹고 생각하는 게 그런 인간이라서.'

"보이스 피싱 하는 건 어떻게 알게 된 거야?'

"확실치는 않아. 혐의자로 검찰에 불려왔다가 혐의가 나오지 않아 풀려났거든. 하지만 내가 보기엔 보이스 피싱 조직을 운영하는 게 맞아."

"뭘 하든 상관없어."

"자신 있나?'

"물론!'

길모는 호영이 빙의한 듯 섬뜩한 광기를 뿜었다.

"반갑군. 그 눈빛…….'

"눈빛?'

"홍 부장 오른쪽 눈 말이야, 미안하지만 호영의 눈을 보는 거 같거든."

"……."

"아무튼 조심해. 보아하니 자기 이익을 위해서는 수단과 방법을 가리지 않는 인간이니까."

"내가 궁금한 건 따로 있어."

길모, 눈빛을 튕겨내며 뒷말을 이었다.

"그 인간이 카날리아로 오나? 아니면 내가 찾아가야 하는 건가?"

"아마 카날리아로 갈 거야!"

은철은 주저 없이 대답했다.

"카날리아로 온다고?"

"호영이 특별히 다른 언급을 하지 않았거든. 그러니 다른 미션들이 홍 부장을 찾아왔듯 그도 오지 않을까?"

은철이 엷은 미소를 머금었다. 조용하지만 확신이 넘치는 미소였다.

"자주 들러. 여긴 이제 길모 집과 같은 곳이니까."

마당으로 나올 때 은철이 말했다.

"그러지."

"도명재 씨는 내가 곧 찾아뵐게. 가서 홍길모 얘기하면 되나?"

"아니, 그냥 노 변호사 재주대로 해."

"왜?"

"그분… 나와 호영이 천지개벽을 했다는 걸 모르시거든. 그러니 나를 파는 건 소용없을 거야."

"오케이."

그 말을 들으며 길모는 오토바이에 올랐다.

바당!

장호는 시원하게 가속을 했다.

'노은철⋯ 국제변호사⋯⋯.'

장호의 등 뒤에서 길모는 마른 눈물을 털어냈다. 그리고 멀어
지는 헤르프메 재단을 바라보았다.

'홍길모, 오늘 신천지를 만났다.'

길모의 뇌리에 화면의 얼굴들이 스쳐 갔다. 불행의 노예가 된
사람들. 패악무도한 인간들의 마수에 걸려 영혼을 망친 사람
들⋯⋯.

그런 그들에게 길모의 힘이 도움이 되었다. 다는 아니지만 그
들 중 일부는 이제 새로운 삶을 살아갈 수 있다. 지금 길모가 실
의를 딛고 희망을 꿈꾸는 것처럼.

'나이쓰!'

길모는 주먹을 꼭 쥐었다. 벅차오르는 가슴을 누른 채.

[형!]

옥탑에 도착하자 장호가 수화를 날려왔다.

"왜?"

[나 오늘 진짜 감동 먹었어요.]

"우리가 좋은 일 하고 있어서?"

[그것도 그렇고 아까 형이⋯⋯.]

장호, 또 멀쩡하던 눈에 물기가 맴돈다.

[나 내보내라고 할 때 동생이나 마찬가지라고…….]

장호의 눈에서 눈물이 흘러나왔다.

"그럼 너 내 동생 아니냐?"

[형!]

장호는 길모의 품을 파고들었다.

"야, 졸려죽겠다. 빨리 한잠 때리고 출근하자."

[씨… 사람 울려놓고…….]

"자자. 잠이 보약이다."

길모는 바로 담요를 뒤집어썼다. 그 작은 어둠 속에서 한 이름을 생각했다.

차—상—빈.

천천히 입안에 감도는 그 이름. 한 음소, 음소를 따라 피가 끓기 시작했다. 길모는 그 이름을 불렀다.

간절히!

간절히!

걸리기만 하면.

길모는 그 말을 곱씹다 잠이 들었다.

첫 개시는 서비스로 때웠다. 방 사장의 인맥에서 건진 손님은 개털이었다.

완전히 망한 모습으로 친구를 달고 나타났다. 관상을 보니 재기가 어려울 상이었다. 노년으로 갈수록 더 어려워지는 상. 길모는 그래도 친절하게 발렌 17년으로 세팅을 해주었다.

전화 마케팅의 한계였다. 관상을 모르니 직업이나 직위만 고려한다. 하지만 세상은 상전벽해(桑田碧海). 뽕나무 밭이 언제 바다로 변할지 모르는 판이었다.

그래도 매너는 깔끔했다. 딱 한 시간, 발렌 17년에 입가심 맥주 두 병을 비우고 일어났다.

미안하다며 승아에게는 팁으로 15만 원 하고도 5천 원을 안겼다. 가지고 있는 돈을 전부 털어주고 간 것이다. 기세가 약해지니 마음도 약해졌다. 그래서 더욱 재기하지 못할 사람이었다.

"야, 홍 부장!"

다음 손님을 기다릴 때 방 사장이 사무실에서 나왔다.

"예, 사장님!"

"너 진상 처리 하나 해줘야겠다."

"진상이요?"

"그래. 옛날에 가짜 양주 거래하던 놈인데 어떻게 연락이 됐어. 오늘 단체 회식하러 온다는데 이게 골치 아픈 놈이거든."

"그런데 왜 제가?"

길모가 슬쩍 거절 의사를 던졌다. 길모는 이제 진상 처리반이 아니니까.

"야, 좀 봐줘라."

"안 됩니다."

길모는 단호했다. 마음이야 그러고 싶지만 분위기가 있었다. 그리고 언젠가는 끊어야 할 사슬이었다.

"그럼 어쩌라고? 이놈은 안 받으면 뒤끝 생겨."

"저만 여기 부장입니까? 다른 박스도 많은데……."

길모의 완강한 마음을 확인한 방 사장은 강 부장을 불렀다. 강 부장은 고개를 저었다. 이 부장도 거부했다. 물론, 서 부장이라고 다르지 않았다.

"야, 정 그러면 너희들끼리 가위 바위 보라도 해서 정해."

화가 난 방 사장은 거절할 수 없는 제안을 내놓았다. 하는 수 없이 가위바위보 한 판 승부로 떠안기로 정했다.

"가위 바위 보!"

첫 판에 이 부장이 이겼다.

"아싸라비야!"

이 부장은 쾌재를 부르며 주방으로 가버렸다.

"가위 바위 보!"

두 번째로 서 부장이 이겼다. 남은 건 길모와 강 부장.

"잠깐만!"

다시 승부를 내려 할 때 강 부장이 소리쳤다. 길모는 이미 가위를 낸 상태. 내다 만 그의 것이 보였으므로 사실 길모가 이긴 판이었다.

"형님!"

"미안, 내가 사래가 들려서 말이지. 다시 하자고!"

결국 길모가 지고 말았다. 이번에도 강 부장이 살짝 늦게 냈지만 뭐라고 딴죽을 걸기엔 애매모호한 상황이었다.

[존나 치사하네.]

지켜보던 장호가 수화를 날리자,

"너 나 욕했지?"

하고 강 부장이 물었다. 눈치 하나는 박사급이었다. 장호는 다시 수화를 엮어냈다.

"나 욕하는 겁니다. 그것도 하나 못 이기냐고……."

길모가 나서 상황을 수습했다. 사실 나중 수화도 '욕먹을 짓 하잖아요?' 였었다.

"몇 명인데요?"

별수 없이 진상 처리에 나서게 된 길모가 방 사장을 바라보았다.

"8명이란다."

8명!

"아가씨는 각 박스에서 한 명씩 지원해 주세요."

길모의 요청은 먹혔다. 자칫하다가 길모가 튕겨 버리면 엉뚱한 벼락을 맞을 수 있기 때문이었다.

"이어, 방 사장!"

8명의 손님은 입구에서부터 떠들썩했다. 대다수가 팔자걸음에 건들거리는 폼을 보니 양지에서 돈을 버는 사람들은 아니었다.

"아이고, 유 사장!"

방 사장이 나와 그들을 맞아주었다. 서로 반가운 척하지만 사실 속마음은 하나도 친하지 않다. 다들 비즈니스 인사를 나누는 것이다.

"우리 홍 부장, 우리 카날리아에서 최고로 잘나가는 친구야. 관상도 귀신이니까 덤으로 보라고."

방 사장은 1번 룸을 열었다. 하지만 길모가 막아서 버렸다.

"여긴 좁습니다. 2번 룸으로……."

길모는 배시시 미소를 머금은 채 2번 룸을 열었다. 1번 룸을 내주기엔 룸이 아까운 인간들이었다.

"홍 부장입니다. 잘 부탁드립니다."

의례적인 인사를 올리고 명함 교환이 끝났다. 세 명이 명함을 내밀었는데 직함이 거창했다. 총회장에 회장에 수석전무.

'허얼, 총수석총재총장이사장 아니길 다행이네…….'

혼자 옹얼거릴 때 방 사장이 인사를 하고 나갔다. 그 사이에 길모의 눈이 총회장에게 꽂혀갔다. 제일 먼저 붉은 눈과 귀에 깃든 흉흉한 기운이 눈을 차고 들어왔다.

'술도 안 마셨는데 붉은 눈에 귀의 흉한 기운이라…….'

많은 사람에게 원망을 사고 있다는 반증이었다. 나쁜 것은 더 있었다. 머리가 옆으로 볼록하고 턱이 역삼각이니 권모술수가 남다른 관상.

후웅!

"……!"

그때 길모의 손에 가벼운 울림이 일어났다. 딱 한 번, 요란하지는 않지만 짧으면서도 명쾌한 울림이었다.

혹시나 싶어 세 명의 명함을 다시 보았다. 이름에 '빈' 자는 없었다.

"여기 제일 비싼 게 얼마야?"

총회장님, 소위 가오를 잡으시려고 어깨에 힘을 주며 물으셨다. 길모는 부드럽게 웃으며 대답했다.

"병당 2억짜리도 있습니다만."

"2, 2억?"

총회장의 눈동자가 갈 길을 잃고 버벅거렸다. 텐프로 비싼 건 알고 있지만 그렇게 심한 가격을 부르리라고는 상상치 못한 모양이었다.

"얌마, 지금 장난해?"

당장 말석에 앉은 깍두기가 눈을 부라렸다.

"아아, 품격 떨어지게 왜 이래? 여긴 텐프로야, 텐프로!"

이번에는 회장이 나서서 수습을 했다.

"까짓 2억 한 번 쏠까? 요 며칠 새 입금된 돈만 해도 10억은 될 텐데."

그러면서 은근히 재력을 과시하는 총회장.

"그럼 그 뭐야? 로얄살루트? 그걸로 하시죠."

회장이 총회장에게 아부멘트를 날렸다.

"그럴까?"

"야, 로얄살루트 30년산으로 몇 병 가지고 와."

"죄송하지만 로얄살루트는 30년산이 없습니다."

"뭐? 아, 내가 며칠 전에도 다른 룸에서 총회장님 하고 마셨는데 왜 없어? 이 친구 이거 술을 잘 모르네."

부하들 앞이란 걸 의식한 회장이 목소리를 높였다.

"죄송하지만 로얄살루트는 21년, 38년산입니다. 38년산으로 가져다 드리겠습니다."

"무슨 소리야? 내가 분명 마셨는데. 야, 검색 좀 해봐."

자리에서 일어선 회장이 부하들에게 명령을 내렸다. 그러자 역시 말석의 각두기가 일어나 대답을 했다.

"웨이터 말이……."

"맞아?"

"예."

"검색 잘못한 거 아니야?"

"……."

"알았어. 그게 뭐가 중요해. 아무튼 가지고 와."

회장은 살벌하게 쏘아붙이고는 자리에 앉았다.

아가씨는 승아와 유나에 각 박스에서 차출한 세 명을 들였다. 총회장과 회장, 부회장 옆에 한 명씩 앉고 둘은 부하들 사이에 끼어 앉았다.

길모는 승아를 총회장 옆에 붙였다. 아주 특별한 임무를 부여한 채.

"장호야!"

복도로 나온 길모가 장호를 불렀다.

[왜요?]

"재단에 기부하실 분들이다. 체크 모드로 들어가라."

길모는 요플레 하나를 허공에 던졌다가 받아들었다.

[네?]

"쉬잇!"

길모는 긴장하는 장호에게 조용하라는 신호를 보냈다. 간만
에 길모가 털어주서야 할 대상들이 납신 것이다.

제2장

숭고한 출격

　길모의 예상은 맞았다. 술자리 정보를 종합하니 총회장 일당은 아직도 위조 양주를 만들고 있었다. 더불어 중국에서 밀수까지 하시면서 지하경제에 혁혁한 공헌을 세우고 계신 모양이었다. 소위 짝퉁의 거물이신 것이다.

　짝퉁 거물은 말투도 완전 싸가지 상실이었다. 중간에 들어간 길모가 관상 좋으십니다, 하고 운을 떼자,

　"관상 같은 소리 하고 자빠졌네. 지금이 어느 시댄데 관상이야?"

　하며 각을 세우고 나왔다.

　그러면서 길모에게 위대한 기술에 대해 일장연설을 거듭 했다.

'돈만 주면 대통령도 똑같이 만들 수 있다.'

아주 침이 튈 정도였다.

위조 양주.

혹자는 말한다. 그거 다 과거의 일이 아니냐고?

딱히 그렇지는 않다. 양주회사에서 위조 방지 기술을 개발하면 위조업자들도 기술을 개발한다. 뿐만 아니라 뜨내기 취객을 상대하는 못된 술집은 다양한 편법 노하우를 가지고 있다.

생각해 보시라. 은행들은 보안전문가가 없어서 해킹을 당하는가? 골키퍼가 강하면 골을 넣는 기술도 덩달아 강해지게 마련이다.

"야, 적당히 몇 병 먹여서 보내라."

한 시간이 넘자 방 사장이 중간 체크를 나왔다. 길모는 가볍게 답했지만 술은 서비스까지 들여보냈다. 방금 전에 나온 승아가 빅뉴스를 들고 나왔기 때문이었다.

바로 금고였다.

사진도 있었다.

알딸딸해진 총회장이 천하무적 금고라며 승아에게 사진을 보여주며 자랑질을 날린 것이다. 승아는 총회장의 핸드폰을 슬쩍 들고 나왔다. 패턴 암호는 길모에게 아무런 장애도 되지 못했다.

[됐어. 얼른 들어가. 전화기 없어진 거 알면 지랄 떨지도 몰라.]

[괜찮아. 내 거 두고 나왔으니까 잠깐 잘못 알고 가져갔다고 하면 되지.]

승아는 장호를 안심시키고 다시 룸으로 들어갔다.

회사는 차로 20분.

금고는 지하실에.

회사에는 똘마니 한 명이 남아 비상연락망 유지.

"여기 얼마나 걸리냐?"

길모가 물었다. 난폭과 안하무인, 거기에 싸가지까지 홍수가 난 인간들. 말로 해서는 씨가 먹힐 레벨이 아니었다. 그렇다면 결론은 최후의 수단.

사뿐히 털어버리기.

털면 재단에서 새 삶을 기다리는 후보자들에게 큰 도움이 될 일이었다.

[최대로 땡기면 10분 정도요. 준비해요?]

"너 말고 운표 좀 호출해라."

[운표랑 가게요?]

"둘 다 사라지면 그렇잖아?"

[맥주 더 달라던데……]

"그건 내가 가져다줄 테니까 운표나 스케줄 맞추라고 해."

[알았어요.]

길모는 주류창고 문을 열었다. 잠시 후에 길모가 2번 룸에 들어서자 총회장 일당의 입이 쩍 벌어졌다. 길모의 손에 들린 쟁반신공 때문이었다. 여섯 개씩 차곡차곡 쌓인 맥주는 자그마치 5층이었다.

총회장에게 한 잔을 따라준 길모는 복도로 나오기 무섭게 장호에게 사인을 날렸다.

[누가 찾으면 화장실.]

사인을 주고받은 길모는 뒷문으로 나왔다. 윤표는 거기 대기
중이었다.

"밟아라."

장호가 꺼내온 야상을 걸친 길모가 뒷자리에 뛰어올랐다.

부릉.

살며시 도로로 나온 오토바이가 만복약국과 미미약국을 지나
폭주하기 시작했다. 총회장 일당의 회사(?)는 하천변의 건축 중
고자재 거래상으로 위장하고 있었다. 외관은 오래된 2층 건물
에 담장이 높았다. 입구와 뒷마당 쪽에 CCTV 카메라가 두 대 보
였다. 1층의 한쪽에 불이 켜져 있다. 남은 부하가 거기 있다는
의미였다.

길모는 주머니에서 요플레를 꺼냈다.

요플레!

아가씨들이 먹으려고 넣어둔 걸 꺼내왔지만 손님은 조심해야
할 말이다. 룸싸롱에서 요플레를 찾으면 바로 진상 취급이다.
요플레는 남자가 사정한 액체와 비슷한 바, 바로 그걸 만들어
달라는 주문이기 때문이었다.

휙! 던질까 싶었지만 아무래도 내키지 않았다. 길모는 야구선
수가 아닌 것이다.

톡톡!

가벼운 제자리 뛰기로 몸을 푼 길모, 단숨에 도약하며 점프를

시도했다. 그런 다음에 연결 동작으로 클라이밍을 바꾸었다. 벽 위에 다리를 걸치는 데 성공한 길모. CCTV 카메라가 코앞에 보였다.

'다이빙 낙법.'

요플레로 카메라에게 부드럽게 마사지를 하고 뛰어내렸지만 벽이 좀 높았다. 길모는 한 바퀴를 더 구르고서야 멈췄다.

"……?"

창문을 통해 안을 엿보자 직원은 퍼질러 자고 있었다. 야상 침대 주변에는 소주병과 맥주병, 그리고 치킨 조각들이 보였다. 텐프로에 따라가지 못한 한을 치소맥으로 푼 모양이었다. 고개를 들자 화장실 쪽 창문이 보였다.

정문 쪽에는 또 하나의 CCTV. 번거롭게 요플레 마사지를 하고 싶지 않아 체면 불구하고 창문으로 점프했다.

'오!'

지하실 철문은 견고하고 육중했다. 자물통도 무식 찬란했다. 주먹 두 개를 합친 크기의 구식 자물쇠. 특이하게도 구멍이 자그마치 세 개였다. 천하무적이라고 자랑질을 한 근거를 알 것 같았다.

그러나!

그건 상대가 좀도둑인 경우였다. 길모는 직원의 코 고는 소리를 들으며 자물통을 잡았다. 길모의 수고는 단지 철사를 세 개 꺼내는 것에 지나지 않았다.

철컹!

'첫 번째 관문 통과.'

작은 랜턴을 들고 지하실에 내려선 길모는 잠시 걸음을 멈췄다. 거기가 바로 가짜 양주 제조현장이었다. 다양다종한 양주병과 키퍼들, 그리고 각종 알코올, 심지어는 공업용 메탄올과 첨가물들이 한쪽을 빼곡이 메우고 있었다. 입구 쪽에 가득 쌓인 건 완성품이었다.

'술 만들면서도 술을 처먹나?'

낡은 책상 위에는 소주병과 휴대용 가스레인지가 뒹굴고 있었다. 가스레인지 위에 올려진 냄비는 개밥 그릇만도 못해 보여 차라리 동정심마저 일었다.

'진통 빰치겠군.'

그래도 양주병은 반짝거렸다. 누가 그랬던가? S급 이상의 짝퉁 가방들은 명품 본사직원들도 구분하지 못한다고. 혀를 내두른 길모는 랜턴으로 구석을 비췄다. 거기 또 다른 문이 보였다. 혹시나 싶어 한 번 더 CCTV를 확인한 길모가 그 문으로 다가섰다. 문에 달린 건 나름 특수 안전자물쇠였다.

자물쇠는 저항핀의 모양 하나만 바꿔도 보안성이 엄청나게 강화된다. 그렇다고 해도 기본형은 존재한다. 실패 모양과 버섯 모양, 그리고 톱니 모양이 그것이다.

총회장의 믿는 구석은 실패 모양의 자물쇠로 2층 구조를 취하고 있었다. 길모는 집중했다. 자물쇠는 길모를 막지 않았다. 저항핀들이 소리 없이 역할을 포기한 것이다.

'저놈이군.'

문을 열고 들어서자 사진으로 본 금고 두 개가 눈에 들어왔다. 금고 자체의 외관은 기노겁의 금고와 유사했다. 하지만 잠금장치는 아주 옛날식이었다. 길모는 시간을 체크했다. 카날리아를 나온 지 딱 20분이었다. 서둘러 구멍에 철사를 밀어 넣었다.

"……?"

느낌과 함께 구멍 안이 들여다보였다. 실린더와 플러그가 보였지만 처음에는 되지 않았다. 가해진 힘이 약했다.

'당구로군.'

길모는 이 자물쇠의 원리를 직감했다. 철사는 큐대다. 안에는 공 1과 공 2가 있다. 공 1에 가하는 힘이 세야 공 2가 플러그와 실린더 사이의 선을 넘을 수 있다. 그래야만 실린더와 플러그가 분리되면서 문이 열리는 것이다.

'당구라면야!'

길모는 타이밍을 맞춰 힘을 가했다. 그러자 드라이버 핀이 튀는 게 보였다. 핀은 가뜬하게 경계선을 넘어 실린더와 플러그를 분리시켰다.

빗장은 큰 장애가 되지 못했다. 그 또한 특수빗장에 속했지만 길모에게는 별문제가 아니었다.

'후우!'

금고를 여는 순간, 길모는 숭고함으로 가득했다. 패악한 수단으로 벌어들인 돈. 총회장 일당들에게는 탐욕과 욕망의 상징에 불과하지만 헤르프메로 넘어가면 숭고한 손길로 바뀌기 때문이었다.

"……?"

금고를 열어젖힌 길모는 맥이 탁 풀렸다. 그 안에 든 건 거래처 장부뿐이었다. 서둘러 옆 금고로 옮겨갔다.

"……!"

현금은 거기 있었다. 5만 원권 지폐와 위안화, 그리고 달러와 유로까지 없는 게 없었다. 길모는 두 개의 가방에 닥치는 대로 쓸어 넣었다. 100달러짜리와 100유로짜리를 우선했다. 그래도 일부는 남겨두었다.

가방을 챙긴 길모는 일부 현금을 그대로 둔 채 금고를 닫았다. 원래는 금고 안의 돈을 태워 의심의 갈래를 퍼트릴까 궁리했지만 계획을 바꾸었다. 금고 바닥 때문이었다.

금고가 있는 방을 나온 길모는 가스레인지를 신문으로 감싼채 작업장 바닥으로 내렸다. 그런 다음에 빈 냄비 위에 구긴 신문지를 넣고 불을 당겼다. 이어 벽에 가득 쌓인 메탄올 플라스틱 통에 구멍을 내주었다.

메탄올은 줄줄 잘도 새어 나왔다. 메탄올은 바닥을 흥건하게 만들기 시작했다. 철문으로 나온 길모는 친절하게 문을 원래대로 잠궈주었다.

'23분.'

길모는 화장실 창문으로 가방을 던지고 자신도 빠져나왔다. 이어 지하실로 통하는 환풍기를 통해 안쪽 풍경을 바라보았다. 열 받은 냄비 위의 신문에 불이 붙고 있었다. 불꽃은 곧 바닥에

흘러내릴 것이다.

'국민 건강을 위해!'

길모는 담장 위에서 거수경례를 올렸다. 가짜 양주의 원료가
될 알코올들이 질러대는 비명 소리가 들리는 것만 같았다.

"술 더 가져와!"

2번 룸에서 총회장의 고함이 튀어나왔다. 취기가 오르자 총
회장과 일당들은 본색을 드러냈다. 반협박을 일삼고 있는 것이
다. 방 사장이 들어가 진정시켰지만 큰 도움이 되지 못했다. 술
먹고 돈 낸다는 데에야 딱히 할 말이 없었던 것이다. 더구나, 이
유야 어쨌든 아는 얼굴이었다.

그때 길모가 들어섰다. 엎어진 술을 닦고 있던 장호의 입이
쩌억 벌어졌다.

[형!]

"쉬잇!"

길모는 총회장 일당 앞에서 정중히 묵례를 올렸다. 거사에 걸
린 시간은 정확히 37분. 길다면 긴 시간이지만 술 마시는 사람
들에겐 바람처럼 지나갔을 시간에 속했다.

"얌마, 돈 준다는데 왜 그렇게 말이 많아? 여기가 그렇게 장
사가 잘돼?"

총회장은 오백만 원 현금을 흔들며 기세를 올렸다.

"죄송합니다. 텐프로 규정이……."

"규정 같은 소리 하고 자빠졌네. 오늘 우리 여기 술 바닥낼 때

까지 안 갈 거니까 술 더 가지고 와!"

"총회장님 말씀 못 들었어? 빨리 튀어!"

회장도 혀가 꼬였다. 길모가 보니 아가씨도 두 명이 보이지 않았다.

[하도 피아노 쳐댄다고 잠깐 나갔어요.]

장호가 바로 수화를 날려왔다.

"죄송하지만 다음 예약이 있어서 마감할 시간입니다. 저희 사정을 잘 아시는 분이니 한 번 봐주시기 바랍니다."

길모, 정중한 마감 멘트를 날렸다.

"예약? 얌마, 우리가 먼저잖아? 우선권은 우리야!"

총회장에게는 씨도 먹히지 않았다.

"옆방에 검사님들이 와 계십니다. 다른 손님들 생각도 해주셔야……."

"뭐 검사? 검사면 다야? 그 새끼들 오라고 해!"

"이러시면 서로 곤란해집니다. 아시지 않습니까?"

길모는 상황을 즐기고 있었다. 이제 곧 지옥으로 추락할 총회장. 그와 동시에 그의 명궁에도 급 검은 기운이 서리기 시작했다. 벼락이 떨어진다는 암시다.

그리고 길모의 기대에 어긋남 없이 회장의 전화기가 울렸다.

"이 새끼는 왜 이 시간에 전화를 걸고 지랄이야?"

회장은 투덜거리며 전화를 받았다.

"뭐야? 이 자식이 잠꼬대를 하나? 무슨 헛소리야?"

길모는 보았다. 다짜고짜 폭언을 퍼붓던 회장의 안색이 하얗게 질려가는 걸.

"불? 그래서… 홀랑 타버렸다고?"

마침내는 신음 소리처럼 허덕이는 회장.

"무슨 전화야?"

그때까지도 상황을 파악 못한 총회장이 눈썹을 세우며 물었다.

"총회장님, 망했습니다. 공장에 불이 나서 홀랑…….."

"뭐야? 공장에 왜 불이 나?"

"그, 그게… 아마 알코올에 발화가 되어…….."

구린 데가 있어 제대로 말도 못 하는 회장. 상황의 심각함을 깨달은 총회장이 자리를 털고 일어섰다. 그러자 길모, 그들의 길을 막으며 중요한 멘트를 날렸다.

"계산하고 가셔야죠!"

[오빠, 짱!]

진상들이 허둥지둥 돌아가자 승아가 엄지를 세워 보였다.

"괜찮냐?"

[네.]

"다음부터는 저런 진상들 안 받을게.

[아니에요. 살다보면 그럴 수도 있죠, 뭐.]

승아, 한국사람 다 됐다. 한국에 온 지 몇 년 되지 않지만 험한 남편과 술집에서 인생을 배워 버린 그녀. 어쨌든 짜증을 내지 않으니 길모는 그 또한 고마웠다.

[형!]

선심 쓰는 척 총회장의 대리운전으로 딸려 보낸 장호가 돌아왔다.

"어떻더냐?"

[완전 전소예요.]

"금고는?"

[가자마자 그것부터 찾던데 경찰에서 압수해 갔어요.]

"경찰에서? 그럼 CCTV도 체크했겠네?"

[그것도 안에 있던 장비가 타버려서 체크 불능이라던데요?]

"흐음, 굿 뉴스."

[그리고 화재 조사하다가 가짜 양주 만드는 데인 줄 눈치를 챘나 보더라고요. 룸에서 술 마신 인간들도 전부 경찰서로 직행했어요.]

"이거 내가 그 인간 은인이 되었네."

[은인요?]

"그렇잖냐. 경찰이 수사에 나서면 금고에 돈이 적게 들었을 수록 그 인간들에게 유리하지."

[우와!]

"지금쯤 술이 번쩍 깼겠구나."

[돈은요? 털긴 했어요?]

"아마 지금쯤 운표가 노변에게 도착했을 거다."

[그럼 또 많은 사람들에게 새 삶을 찾아주겠네요?]

"그렇겠지?"

[이러다가 우리, 나중에 훈장 받는 거 아니에요?]

훈장?

느닷없는 말에 귀가 솔깃했다. 하지만 바로 고개를 털어버리는 길모. 은철의 말에 감염된 건지 그런 건 중요하지 않았다. 더 많은 사람들에게 도움이 되면 그뿐.

"그까짓 훈장 같은 거 없으면 어떠냐? 지금 기분 최곤데."

[에헷, 하긴 그래요.]

"자, 그럼 진상들이 어질러 놓고 간 테이블 정리에 들어갈까요? 보조 씨!"

[네, 부장님!]

수화를 날린 장호가 뿌듯하게 웃었다. 길모도 경례로 장호에게 답했다.

*   *   *

금고 문을 딴 게 행운이었을까? 아니면 은철의 전화 때문이었을까? 돈이 도착했다는 은철의 전화가 온 직후부터 1번 룸은 뒷방을 타기 시작했다. 늦게서야 손님이 몰리기 시작한 것이다. 1번 룸에 이어 2번 룸도 풀로 가동되었다.

1번 룸의 손님은 노봉구가 보내준 사람 둘이었다. 인사를 하기 무섭게 관상 얘기부터 나왔다.

"자네가 관상박사라고?"

헐렁한 콤비를 입은 장년이 물었다.

"박사까지는 아니고 조금 흉내는 냅니다."

길모는 정중하게 답했다.

"그럴 리가 있나? 노 사장님 입에 침이 마르던데……."

그 앞에 포진한 정장 신사도 가세한다.

"아마 저를 좋게 보신 모양입니다."

"됐으니까 일단 술부터 들여오게. 로얄 38년으로 줘."

오더가 떨어지자 장호가 바로 세팅을 했다. 유나가 룸에 들어
간 까닭에 아가씨는 승아와 창해를 불렀다. 처음이니 예쁜 아가
씨를 선보이는 것. 그건 서 부장의 노하우에서 따온 전략이었
다. 덕분에 인기 만점인 창해는 잠시 따따블을 뛰어야 할 판이
었다.

"한 잔 받고 우리도 관상 좀 부탁하네."

장년이 잔을 내밀었다. 길모는 황송하게 받았다.

"일부러 오셨으니 사독 중에서 하나를 고르시면 없는 실력이
나마 잠시 봐드리겠습니다."

"사독?"

장년이 길모를 바라보았다.

"귀를 강독(江瀆), 눈을 하독(河瀆), 입을 해구(海口), 코를 제
독(濟瀆)이라 하는데 이는 몸 안으로 통하는 4가지 물길이니 길
고, 빛나고 윤기가 있으면 좋습니다. 하나 고르시지요."

"넷 다 보면 안 되는가?"

장년이 물었다.

"본시 한꺼번에 먹으면 체하는 법 아닙니까? 시간도 그러니

나머지는 다음에……."

"어이쿠, 이 친구, 다음에 또 오라는 말보다 무섭군."

장년은 괜한 엄살을 떨었다.

"그럼 저 친구는 코를 좀 봐주시게. 코가 커서 거시기도 크고 정력도 세다고 하던데 그거 진짠가?"

선택은 앞자리의 정장이 해버렸다.

길모는 장년의 코를 바라보았다. 머쓱한 장년은 큼큼 헛기침을 하더니 코를 스윽 문질렀다.

'독수리코면서 망울에 탄력이라…….'

동시에 준두 위에 밝은 기운이 남실거렸다.

'그렇다면?'

"사장님, 전체 코운을 봐드리기 전에 제가 오늘의 운세를 맞춰볼까요?"

"오늘의 운세?"

"이른 오후에 큰 수입이 있으셨죠? 사장님을 기쁘게 할 만한 거래였군요. 맞습니까?"

"맙소사!"

길모가 묻자 장년의 눈이 휘둥그레졌다. 길모의 놀라운 적중력 때문이었다.

"자네가 말했나?"

대뜸 정장에게 캐묻는 중년.

"사람, 소변도 한 번 안 보러갔는데 무슨 말? 용하긴 용하구만."

정장이 고개를 끄덕거렸다. 정장, 장년이 큰 건을 이뤄서 한

턱 쏟다기에 따라온 길이기 때문이었다.

"아니, 코에 그런 것도 나오나?"

장년이 신기한 듯 길모를 바라보았다.

"그냥 열심히 보았을 뿐입니다."

"그럼 나머지는? 나머지는 어떤가?"

후끈 달아오른 두 사람은 길모에게서 눈을 떼지 못했다.

"사장님 코는 매력적입니다. 친구분 말씀처럼 물건은 명기일 것이며 어떤 여자들도 녹이실 겁니다. 아울러 금전운도 좋아 자기 손에 들어온 돈은 결코 허투루 내놓지 않습니다. 큰 부자가 되실 수 있을 겁니다."

"그럼 나는? 내 코는 어떤가?"

그새 몸이 달아오른 정장이 물었다. 다른 부위를 물어도 되련만 같은 걸 물어대는 정장. 사람이 그닥 진득해 보이지 않았다. 그러면서도 그새 창해의 가슴 가까이를 더듬는 몹쓸 손. 그 또한 관상에 딱 박혀 있었다.

정장은 짧은 코에 콧머리가 붉었다. 코가 짧으니 성미가 급하고 콧머리가 붉으니 여자에게 약하다. 금전운도 전체적으로 좋지 않았다.

"사장님은 다 좋으시군요. 그저 여자만 좀 멀리하면 되겠습니다."

길모, 나머지는 두루뭉실 넘어가고 팩트만 찔러주었다.

"아이고, 저 친구 그게 관상에도 나오는구만. 거봐. 여자 조심하라잖아, 여자!"

장년이 너털웃음을 지으며 정장을 가리켰다.

"아, 진짜… 인생 뭐 있나? 즐기면서 사는 거지."

정장은 손사래를 쳤다. 그러면서 창해에게 명함을 내민다. 작업을 거는 것이다. 보나마나 언제 밥이나 한 번 먹자고 했을 것이다. 창해는 물론 프로답게, '네' 하고 부드럽게 대답했다.

개중에는 이런 말을 철석같이 믿는 손님도 있다. 주로 초보들이 그렇다. 눈이 부시도록 예쁜 언니들이 접대용으로 날리는 뻐꾸기를 분간 못 하는 것이다. 이런 초보들은 무리를 해서라도 가까운 장래에 다시 온다. 그리고 서서히 깨닫는다. 그게 뻐꾸기였다는 걸.

뻐꾹!

뻐꾹!

뻐꾸기 소리는 그냥 흘려 버리는 게 정신 건강과 지갑 건강에 좋다. 특히 밤에 우는 뻐꾸기 소리는.

참고로 관상에서 재복이 없다고 보는 코는 어떤 것들이 있을까? 코는 곧 재물이라고 하니 몇 가지 재물 운이 박한 예를 들어 보면.

1) 들창코.

2) 다른 상에 비해 코만 홀로 우뚝한 코.

3) 코끝과 콧날이 구부러진 코.

4) 살이 너무 없어 뼈가 보일 것 같은 마른 코.

5) 매부리코.

6) 콧등이 울룩불룩한 코.

등을 꼽는다.

하지만 혹, 이런 코를 가졌다고 실망할 필요는 없다. 왜냐하면 관상은 어느 한 부분만으로 보는 게 아니라 전체 조화를 따져야 하기 때문이다. 말하자면 수능과 같다. 언어 수리 외국 탐구 중에 한 과목이 약해도 다른 과목이 강하면 평균은 쑥 올라간다. 그러니 코의 운이 좀 약하다고 해도 다른 곳이 좋으면 상쇄가 되는 것이다. 더구나 관상 위의 심상. 심상이 있지 않은가?

관상이 안 좋으면 보시를 하라. 착한 일을 하면 관상이 변한다.

운도 바뀐다.

다섯 테이블을 돌린 길모는 매출전표를 확인했다. 그중 두 테이블은 프리 테이블이었다. 길모가 미래를 위해 투자한 마케팅 손님이었다.

오늘의 매상 톱은 이 부장이 차지했다. 잘나가는 연예인이 친구들을 데리고 와서 3,000만 원을 찍은 것이다. 그는 지금 분발 중이다. 지난 달 매상에서 존심을 상한 것이다. 이날, 이 연예인은 보조 웨이터를 전부 불러 5만 원씩을 꽂아줬다. 그의 취향이다. 인기 스타지만 오만하지도 않다. 그래서 그는 카날리아에서도 인기가 좋다.

[우와!]

연예인들이 뒷문으로 나갈 때 장호가 입을 쩌억 벌렸다. 함께 온 여자 연예인 두 명 때문이었다.

[연두도 있어요. 그 여자 알죠? 아이돌 가수요!]

장호의 눈에는 하트가 아른거렸다. 사실 웬만한 연예인들보다 텐프로 에이스들이 낫다. 그럼에도 그들에게 관심이 가는 건 유명인이기 때문이었다.

하지만 사인 같은 건 요청해서는 안 된다. 그 또한 텐프로의 룰이다. 그들은 왜 텐프로에 오는가? 남들 시선 의식하지 않고 편안하게 한잔하고 싶어서다.

한 가지 이유가 더 있긴 하다. 세금 때문이다. 유명 연예인들은 어차피 초고액의 세금을 물어야 한다. 그러니 기왕 털리는 거 멤버들과 비싼 술을 먹고 비용 처리하면 된단다. 어쨌든 몸으로 들어갔으니 세금으로 털리는 것보다는 돈 버는 셈이다.

'채혜수……'

마감을 마치고 돌아가는 길. 장호의 오토바이 뒤에서 길모는 혜수를 생각했다. 그날이 오늘이었다. 길모가 예언한 날.

'내 계산이 맞아야 할 텐데……'

어제보다 기대되는 오늘을 폭주하는 장호의 오토바이 위로 태양이 왈딱 떠오르고 있었다.

오전 10시!

전화기가 울리지 않았다.

11시!

역시 울리지 않았다.

길모는 세 번이나 선잠을 자다 깨어났다. 그만큼 채혜수는 길모에게 중요한 사람이었다. 오죽 궁금하면 전화를 해볼까 싶기도 했었다.

참았다.

이것도 일종의 밀당. 그렇다면 지나친 저자세는 유리할 게 없었다.

12시!

전화기는 여전히 조용했다. 오죽하면 벨 모드까지 확인했다. 진동도 아니고 무음도 아니었다.

오후 2시!

길모는 자리를 털고 일어났다. 깊은 잠을 자지 못해 약간의 피로가 느껴졌다. 다시 전화기를 확인하고는 툭 던져 놓았다. 더 조바심을 내지 않겠다는 다짐이었다.

[형…….]

책을 보는 사이에 장호가 눈을 비비며 일어났다.

"밥이나 먹자."

길모는 돌아보지도 않고 말했다.

[전화 안 왔어요?]

장호가 조심스럽게 수화를 보내왔다.

"에이스감이 개밖에 없냐?"

[그러게 안 된다고 했잖아요.]

"쓰으⋯⋯."

길모가 혀 끄는 소리를 하며 쏘아보았다. 그 기분을 아는 장호, 욕실로 발길을 옮겼다. 길모의 손에서는 달마상법 관상책이 넘어갔다.

'관상⋯⋯.'

관상에 통달하면 천기를 안다고 한다. 천기란 곧 하늘의 뜻이다. 그런데 사실 길모는 채혜수의 마음까지는 읽을 수 없었다. 그저 그녀에게 닥쳐올 일을 하나 짚었을 뿐이다.

그제야 심상의 위대함이 한 번 더 느껴졌다.

'채혜수의 심상까지 볼 수 있었다면.'

얼마나 좋았을까? 그랬다면 그 자리에서 성패를 가늠할 수도 있었을 일이었다.

'하긴 그렇게 되면 내가 신이라는 이야기⋯⋯.'

한편으로는 거기까지는 가고 싶지 않았다. 인간의 모든 것을 아는 건 매우 부담스러운 일이기도 했다.

만약, 류 약사의 마음을 척 보는 것으로 알 수 있다면?

이 남자 밥맛이야!

만약 그녀의 마음에 길모가 그런 모습으로 각인되어 있다면? 그야말로 맥 풀리는 일이 분명했다. 노력해 볼 길조차 원천 봉쇄되는 것이다.

한참 골똘할 때 장호가 욕실 문을 열었다.

딸랑!

방울 소리를 들은 길모가 장호를 바라보았다.

[전화 온 거 아니에요?]

"소리 안 났다."

이미 많은 신경을 쓴 길모, 전화기를 쳐다보지도 않았다.

[분명 진동 소리 났어요.]

"니 전화겠지."

[내 전화는 꺼놨거든요.]

"……?"

전화기를 확인하던 길모의 눈이 휘둥그레졌다. 벨소리가 진동으로 맞춰져 있었다. 아까 벨소리를 확인한답시고 누르다 모드가 바뀐 모양이었다.

"……!"

그리고 한 번 더 놀라는 길모. 부재중 전화에 찍힌 번호는 채혜수의 전화였다.

딩딩다라랑!

어쩔까 싶을 때 다시 전화가 울렸다. 두어 번 심호흡을 한 길모가 전화를 받았다.

"여보세요?"

─홍길모 부장님?

첫마디부터 혜수의 목소리는 격앙되어 있었다.

"그런데요?"

─일단 고마워요. 덕분에 우리 아버지 살았어요.

사실 고마운 건 길모였다. 그녀가 전화를 해줘서.

"다행이군요. 내 말을 믿어서……."

―저번에 따귀 때린 건 정말 미안해요.

"뭐 괜찮습니다. 그런 일 한두 번이 아니어서……."

길모는 금세 느긋해졌다.

―저기… 언제 시간 좀 내주세요.

"시간요?"

―안 돼요?

"무슨 일로?"

이제는 슬슬 목에 힘까지 주는 길모.

―상의 좀 하게요. 바쁜 줄 알지만 시간 좀 내주세요.

"뭐 그러죠."

―언제 시간 나세요?

"부친 상황은 어떠시죠?"

―위기는 넘겼어요. 수술도 잘 끝나서 마취만 풀리면 될 것 같다네요.

"그럼 지금 만나죠."

길모, 전격적으로 말했다.

―지금요?

"내일부터는 더 바쁠 거 같아서 말이죠."

―아, 알았어요. 갈게요. 어디로 가면 되죠?

이미 조바심으로 바짝 달아오른 채혜수. 앞뒤를 가리지 않고 있었다.

"내가 병원으로 가겠습니다."

―어머, 그러시지는 않으셔도… 장소만 말씀하시면 제가 나

갈게요.

"아닙니다. 한 가지 확인할 것도 있고 해서요."

ー그러시면 저야 고맙지만⋯⋯.

"장호야, 오토바이 대라."

[당장요?]

"그래. 지금 당장!"

장호를 고개를 갸웃거렸지만 더 묻지 않았다.

바다당!

장호가 시동을 거는 동안 길모는 키보드를 두드렸다. 마지막으로 마우스를 누르자 계약서가 한 장 튀어나왔다.

'홍길모에게 행운을!'

길모는 계약서에 키스를 하며 행운을 빌었다.

제3장

여자의 관상

　길모와 장호는 밥도 먹지 않고 병원으로 날아갔다. 장호의 쾌
속질주 본능으로 딱 14분 걸리는 병원이었다.

　"홍 부장님!"

　혜수가 로비에서 손을 들었다.

　"많이 놀랐죠?"

　"아니에요. 저는 사실 혹시나 하고 휴가를 냈거든요. 만약 틀
리면 홍 부장님 박살 내줄 생각으로요."

　"아버지 한 번 뵐 수 있을까요?"

　"아버지는 왜요?"

　"확인할 게 있다고 그랬잖습니까?"

　"나쁜 일인가요?"

혜수는 걱정스러운 표정을 지었다.

"별거 아니고요, 그냥 확인만 하면 됩니다."

"그럼 이리 오세요."

혜수가 앞장을 섰다.

길모는 중환자실 앞에서 면회 시간을 기다렸다. 한 시간쯤 지나자 면회 시간이 되었다. 그 직전에 혜수의 어머니와 인사를 나눈 길모는 가운을 입고, 손을 소독했다. 그러다 문득 혜수 어머니를 돌아보았다. 길모는 고개를 갸웃하고 중환자실로 들어섰다. 그녀 어머니의 관상에서 엿보인 느낌 때문이었다.

'역시 그렇군.'

길모는 혜수 부친의 관상을 확인하며 고개를 끄덕거렸다. 지난번 그녀의 관상에서 엿보이던 나른한 기색. 마음에 걸리던 걸 확인한 길모는 비로소 안도의 숨을 쉬었다. 혜수를 영입할 수 있는 궁리를 부친의 얼굴에서 본 것이다.

"엄마, 이분이 그분이셔."

면회 시간이 끝나자 혜수가 모친에게 길모를 소개했다.

"아버지 사고 날지도 모른다고 예언했다는 관상박사님?"

혜수의 모친은 반색을 했다. 몇 번이고 굽신 인사를 하는 그녀를 두고 길모는 혜수와 함께 커피 전문점으로 들어갔다.

"정말 고마워요. 그리고 그날 일은 다시 사과드려요."

"아닙니다. 충분히 그럴 수 있는 일입니다."

"맞아요. 요즘 같은 시대에 누가 관상을 믿겠어요. 더구나 그런 말은⋯⋯."

"이제는 제 말을 믿겠습니까?"

"어떻게 안 믿겠어요?"

혜수가 어깨를 으쓱해 보였다.

"아뇨. 그래도 안 믿을 겁니다."

"홍 부장님!"

"차마 말씀드리지 못한 게 있거든요."

"어떤?"

혜수의 눈동자가 긴장하기 시작했다.

길모도 내심 긴장했다. 채혜수, 그녀는 홍연에게 이어지는 선이었다. 끊어지면 둘 다 잃는 것이다. 관상으로 보아도 화류계에 몸담는 게 좋을 것으로 보이는 혜수. 하지만 현실은 어쨌든 대기업의 여직원.

'하지만!'

길모는 오른손을 들어 눈덩이를 쓰다듬었다. 호영이 준 신묘막측의 손과 눈. 그걸 믿으려는 것이다.

"채혜수 씨⋯ 승진에서 두 번 미끄러졌죠?"

길모는 승진이라고 표현했다. 그녀가 정사원이 아닌 걸 알지만 둘러가는 것이다. 그러니까 승진이라는 건 정직원 전환에 두 번 미끌어졌다는 뜻이었다.

"네?"

돌연한 질문에 혜수가 고개를 들었다.

"일은 번잡하게 맡고 있지만 인사고과 성적은 그저 그럴 겁니다. 상사들도 회식이나 모임에는 뻔질나게 불러대지만 정작 승진은 다른 여직원들 몫이고요."

"그, 그것도 알아요?"

혜수, 목소리가 흔들렸다. 길모는 그 틈을 박차고 들어갔다.

"이유가 있습니다. 죄송하지만 여긴 혜수 씨가 놀 물이 아니기 때문입니다."

"물이 아니라뇨?"

"모란화무봉접(牡丹花無蜂蝶)이니 무향(無香)이라. 춘화경명(春花景明)해도 백화무개(百花無開)하니 무슨 소용이랴?"

길모의 입에서 문자가 술술 새어 나왔다.

"네?"

"모란에 벌과 나비가 없으니 향기 날 리 없고 봄날 경치 화창해도 꽃이 피지 않으면 무슨 소용이냐는 말입니다."

"……."

"직업을 바꾸세요."

"네?"

"에뜨왈에서는 날개를 펴지 못합니다. 아름다운 꽃을 찾아드는 벌과 나비가 많은 직업… 당신이 주인공이 되는 직업. 그걸로 바꾸어야 운이 트일 겁니다."

"벌과 나비가 찾아드는 직업요?"

"예!"

"그게 뭐죠?"

"밤의 황녀입니다."

"밤의 황녀?"

"오해하지 말고 들어주세요. 채혜수 씨 관상은 유흥업에 종사해야 길합니다. 저와 함께 손을 잡고 몇 년 목돈을 벌면서 인맥을 쌓아 그쪽 사업으로 진출하시는 게……."

순간 다시 한 번 혜수의 손이 날아왔다. 길모는 피하지 않았다. 혜수의 손은 길모의 뺨 앞에서 멈췄다.

"우리 아버지 구해주셔서 이쯤에서 끝내는 줄 아세요."

혜수의 얼굴이 파르르 경련을 했다.

"미안하지만 혜수 씨는 직장에서 성공하기 어려워요. 다음에 또 승진 기회가 온다고 해도 여의치 않을 겁니다. 그렇게 몇 년 지나면 그때는 어쩔 건데요?"

"지금 악담하시는 거예요?"

"악담이 아니고 당신의 관상에 새겨진 운을 말하는 겁니다. 지금 당신은 다른 길을 가고 있어요."

길모는 눈을 부라린 혜수를 바라보며 마지막 승부구를 날렸다.

"내 말을 따르지 않으면 아버지는 다시 위기를 맞을 겁니다."

"뭐라고요?"

"아버지의 위기… 아직 끝난 게 아니거든요."

"……?"

뜨악한 표정으로 길모를 노려보는 길모. 길모는 물론 그 시선을 피하지 않았다. 길모는 왜 이런 모험을 하는 걸까? 그건 혜수와 그녀 아버지의 관상 때문이었다.

그녀 이마에서 아버지를 상징하는 일각. 그곳에 서렸던 아버지의 액운. 그 아래 실선으로 이어진 또 하나의 액운. 그녀 부친의 관상에서도 그와 유사한 낯빛을 읽어낸 길모가 내린 결론이었다.

몰아붙이기!

이미 제대로 놀란 채혜수. 그렇다면 어느 정도 승산이 있다고 판단한 것이다.

아랑아랑다라랑!

잠시 후에 혜수의 전화기가 울었다.

"아버지가 재수술을 해야 한다고요?"

혜수의 목소리가 찢어지고 있었다. 길모는 그쯤에서 조용히 일어섰다. 쿨하게 퇴장하는 거. 그리하여 선택은 그녀 몫으로 남겨두는 거. 그게 바로 관상왕의 포스이므로.

[형!]

로비에서 나오자 장호가 다가왔다.

"오래 기다렸지?"

[괜찮아요. 그 여자는요?]

"글쎄… 어쨌든 나는 최선을 다했으니까."

길모는 장호의 뒤에 올라탔다.

사실, 혜수 부친의 운은 그렇게 나쁘지 않았다. 오히려 노년운이 좋아 천수를 누릴 상. 다만 이 즈음에 낀 액운만은 아직 꼬리가 남았다.

재수술!

목숨을 위협할 정도는 아니었다. 그건 관상으로도 알 수 있었다. 그러니 마지막 선택은 혜수에게 달려 있었다.

[진짜 가요?]

장호가 다시 물었다. 그렇게 안 된다고 고집하더니 그냥 가려니 뭔가 허전한 모양이었다.

"가!"

한마디로 말하는 순간, 장호가 와다당 시동을 걸었다. 그때였다. 요란한 마후라 소리 사이로 낯익은 목소리가 들려왔다.

"홍 부장님!"

[그 여자예요.]

장호의 수화가 허공에서 춤을 추었다.

길모는 보았다. 그녀의 얼굴에 서린 불안과 초조함. 그리고 필사적으로 달려오는 모습. 한달음에 달려온 혜수는 숨을 헐떡거리며 말을 이었다.

"우리 아버지 수술에 잘못된 게 있어서 재수술에 들어간대요."

"⋯⋯."

"말해주세요. 우리 아버지, 죽는 건가요?"

"⋯⋯."

"말해요. 내가 유흥업에 종사하면 우리 아버지의 액운이 사라지나요?"

"네!"

길모는 주저 없이 대답했다. 선의의 거짓말이다. 그에 대한 사과는 나중에 해도 늦지 않을 것 같았다.

"좋아요. 까짓것 못 할 것도 없죠. 어차피 직장 생활은 적성에 안 맞는 거 같아서 이벤트 사업 같은 거 알아보던 참이었어요."

채혜수, 그녀가 마침내 수락 의사를 밝혔다.

[나이쓰!]

옆에 있던 장호는 수화로 쾌재를 불렀다. 길모는 장호의 수화를 슬며시 밀어내며 말을 이었다.

"찍으세요."

길모가 내민 건 계약서였다.

렌프로 에이스, 채혜수.

이미 이름까지 처넣은 길모였다.

"한 가지는 물어야겠어요."

계약서를 본 혜수가 말했다.

"얼마든지!"

"카날리아라면 고급 룸싸롱이라고 알고 있어요. 이 실장님도 고급 사교클럽이지 이상한 곳은 아니라고 하더군요. 맞나요?"

"맞지만 술집입니다. 그건 참고하셔야 합니다."

"2차는 없는 거죠?"

"당신이 원하면 영원히."

"수입은요? 얼마 정도 되죠?"

"월 3천은 보장해 드리죠."

"그것도 여기 적혀 있나요?"

"물론!"

"그 두 가지 주요 조항을 홍 부장님이 위반하면 언제든 그만 두어도 되나요?"

"당연히!"

"저도 옵션이 하나 있어요."

"옵션? 2차는 없다니까요."

"내 옵션은 그게 아니에요."

"그럼?"

"관상을 가르쳐 준다고 약속하세요."

'관상?'

길모의 눈이 휘둥그레졌다. 이건 한 번도 생각해 보지 못한 옵션이었다.

"거절하면 저도 계약 안 해요."

혜수는 단호했다.

"관상을 왜 배우려는 건데요?"

"지금 내가 부장님 관상 실력 때문에 가는 거잖아요? 죄송하지만 부장님이 아니라 관상에 반한 거라고요. 그리고……."

"……?"

"제 몸에 그런 호기심이 있나봐요. 우리 할머니가 무당이셨 거든요."

"아!"

길모의 입에서 신음이 새어 나왔다. 그제야 알았다. 그녀 어머니의 관상에서 엿보인 작은 신기… 그 유전자가 어머니 대에서 끝나지 않고 혜수에게까지 내려온 모양이었다.

"좋아요. 그럼 내가 고용주이자 스승이 되는 거로군요."

"그 조항을 끼워 넣어 주세요. 그럼 나중에 부모님이 아셔도 크게 실망하지 않을 거예요."

"그러죠."

길모는 즉석에서 자필로 옵션을 추가했다.

관상을 전수하는 조건으로!

필체를 확인한 혜수가 마침내 사인을 해넣었다.

"그럼 이제 비방을 주세요. 우리 아버지의 액운이 끝나는……."

"이리 가까이……."

길모가 손짓을 하자 혜수가 다가왔다. 길모는 그녀의 이마 일각에 검지와 중지를 나란히 대었다. 그리고 부드럽게 네 번을 누르고는 뒷말을 이었다.

"이제 수술실 앞으로 가서서 아버지 사진의 애교살 부분을 잡고 기도하세요. 그곳이 자녀궁이니 간절하게 바라면 이루어질 겁니다."

"사인하긴 했지만 아버지에게 이상이 생기면 이 계약은 무효예요. 알았죠?"

"물론!"

길모의 말이 끝나기 무섭게 혜수가 돌아섰다. 돌아서는 그녀의 표정은 사뭇 비장해 보였다.

[형.]

"왜?"

[저 여자 무서워요.]

"이제 우리 식구다."

[그리고 이제 무슨 신내림까지 해요?]

"아니!"

[그럼 아까 그건 뭐예요?]

"뭐라도 해야 내 말을 믿을 거 아니냐? 그래서 개폼 좀 잡아 봤다."

[그럼 저 여자 아버지는 어떻게 되는 건데요?]

"당연히 낫지. 관상을 보니 설상가상인데 이어지는 액운은 큰 게 아니라 별문제 없을 거다."

[우와, 그럼 저 여자 스카웃한 거네요?]

"저 여자가 아니라 에이스!"

[진짜 관상도 가르쳐 줄 거예요?]

"못 할 거 뭐있냐?"

[그거까지 알고 계약서 써온 거예요?]

"아니, 그건 몰랐지만 계약서를 마련하면 왠지 일이 잘 풀릴 거 같아서……."

[으악, 형!]

장호가 와락 달려들었다. 길모의 심연이 그제야 반응하고 있었다. 유흥가 밥을 먹을 운을 타고난 혜수. 그렇지만 스카웃은

쉽지 않았던 상황. 그걸 길모가 풀어낸 것이다.

'홍길모…….'

바닥에서 터져 나온 환희는 끝내 길모의 목을 박차고 튀어나오고 말았다.

"아자!"

길모의 포효가 작렬했다. 관상왕 홍길모. 그의 기세에 어울리는 에이스를 얻는 순간이었다.

*　　　*　　　*

[형, 인상 조절…….]

미미약국을 지날 때 장호가 수화를 날려왔다. 이제 건물만 돌아서면 만복약국이었다.

"이렇게?"

[좀 더 부드럽게요.]

"이렇게 말이냐?

[에잇, 차라리 그냥 원래대로 가요. 그게 더 낫겠어요.]

만복약국 앞, 길모의 표정을 교정해 주던 장호가 수화를 휘저었다. 길모는 쓰읍 입맛을 다시고 약국 문을 열었다.

"안녕하세요!"

일단 인사부터 날렸다. 사람이 거의 없는 탓인지 중국 동포 아줌마를 시작으로 마 약사, 류 약사가 차례로 돌아보았다.

"굿모닝, 아니 굿이브닝……."

저녁을 아침으로 사는 직업의 비극이다. 누구든 처음 보면 굿모닝이 튀어나온다. 밖은 이미 어둠이 살랑살랑 꼬리를 치는데 말이다.

"음료수 여기 있어요."

중국 동포 아줌마는 미리 준비한 음료수를 내밀었다.

"그거 말고 산삼배양액 든 걸로 주세요."

심사가 뒤틀린 길모는 손을 내저었다.

"하긴 술집에서 배겨나려면 몸 챙겨야지. 돈 아끼지 말고 비싼 거 먹어."

마 약사는 대머리를 쓰다듬으며 조제실로 들어갔다.

"선… 잘 보셨어요?"

길모는 계산하는 척하며 궁금한 걸 물었다.

"잘 보긴요. 아주 꽝이었어요."

"꽝… 이라고요?"

"홍 부장님 말이 딱이던데요? 두 사람 다 재미없더라고요."

"그, 그렇죠? 내 말이 맞죠?"

길모는 맞장구를 치다가 주춤 멈췄다. 그때 그 두 남자의 관상. 대략 보기는 했지만 제대로 본 건 아니기 때문이었다.

"내친 김에 저도 관상 좀 봐주세요!"

류 약사가 고개를 바르게 들었다.

'응?'

놀란 길모가 뒤로 물러섰다. 마치 백목련 덩어리가 다가오는 것만 같은 느낌이었다.

"어머, 홍 부장님 우리 류 선생님 좋아하나 봐. 얼굴 빨개진 것 좀 봐."

관록은 못 속인다. 먼 한국까지 와서 산전수전 경험을 쌓고 있는 아줌마답게 눈치를 까버린 것이다.

"아줌마, 좋아하긴 누가 좋아한다고 그래요?"

정신이 화들짝 든 길모가 퉁명스럽게 반응을 했다.

"하긴, 홍 부장님이 넘보기엔 우리 류 선생님이 넘치지."

아줌마, 염장 제대로다.

"아, 진짜 말을 해도."

길모가 핏대를 올리자 류 약사가 웃으며 말을 이었다.

"좀 봐주세요. 복채는 따로 드릴게요. 이런 거 공짜로 보면 효과가 없다면서요?"

"약사님한테 돈을 어떻게 받아요. 그냥 술… 이 아니고 밥이나 사주시면……."

길모는 버릇처럼 나오는 술을 밀어내고 밥으로 대신했다. 사실, 자신도 모르게 뱉은 딜이었다. 때문에 바로 눈치를 살피게 되는 길모.

"좋아요. 잘만 봐주시면!"

'빙고!'

류 약사의 한마디에 길모의 마음이 춤을 추기 시작했다. 까짓 관상, 그거야 그리 어려운 일도 아니었다.

"자, 보세요!"

류 약사가 다시 얼굴을 내밀었다. 이제는 눈까지 지그시 감은 채. 이렇게 해서 길모는 류설화의 관상을 보게 되었다.

여자와 결혼을 맞춰보려면 무엇을 먼저 봐야 할까? 관상에서 강조하는 포인트를 몇 가지를 골라보면!

1) 입술이 너무 두터운 여자는 색을 밝힌다.
2) 턱이 뾰족하면 투쟁적이다.
3) 눈 밑이 꺼지고 거무스레하면 성기가 좋지 않다.
4) 코 중앙에 점이 있으면 한 남자로 만족 못 한다.
5) 눈 끝에 잔주름이 많으면 부부가 불화한다.
6) 넓은 미간에 코가 낮으면 음란하다.
7) 코에 상처와 점이 있으면 이혼운이 있다.
7) 삐죽 나온 입의 여자는 질투심이 강하다.
8) 이마가 아치형의 여자는 남자를 누른다.
9) 이마와 턱, 광대뼈가 불거져 나온 여자는 남편 운을 망친다.

'기왕 보게 된 거⋯⋯.'

길모는 작심하고 눈알을 부라렸다. 관상이 기껏해야… 라고 생각하는 사람이 있겠지만 길모라면 달랐다. 관상에는 유년운기(流年運氣) 부위라는 게 있다. 귀를 시작으로 턱까지 내려가면서 한 인간의 일생 운이 담겨 있는 것이다.

눈을 집중하자 류 약사의 얼굴 100개의 포인트가 명암을 드러내기 시작했다. 하지만 길모는 마음을 바꾸었다. 이렇게까지 암니옴니 캐어서 결혼하면 무슨 재미란 말인가.

뭐니 뭐니 해도 여자는 입!

그래서 입으로 시작하려 했지만 그보다 궁금한 게 있었다. 그래서 눈꼬리인 간문부터 체크했다. 다음으로 이마로 시선을 옮겼다. 마지막으로 옮겨간 곳이 입이었다.

관상에 있어 남자는 눈이오, 여자는 입이다. 눈은 하늘에 있어 태양이니 양(陽)이라 곧 남자를 상징하고, 입은 바다요 땅이니 음(陰)을 뜻해 곧 여자기 때문이다.

따라서 입은 기름진 토양처럼 두툼해야 좋으며 넓은 강처럼 기름지고 길수록 좋은 상이다. 입이 여자에게 얼마나 중요한가 하면 다른 관상이 다 좋아도 입의 격이 떨어지면 귀한 삶을 살기 어려울 정도다.

'적당히 두툼하고 윤택하니 사랑스러워 남편과 사이가 좋을 상……'

나아가 적당히 주름이 있으니 무자식 걱정도 안 할 상. 입술 윤곽이 또렷하니 대략 일부종사할 상……. 길모의 피가 끓기 시작했다.

눈꼬리 간문은 맑았다. 남녀 문제가 복잡하지 않다는 반증. 이마도 반듯하여 길할 관상으로 보였다. 더 볼 것도 없었다. 나머지는 길모가 책임지면 되었다. 돈이 필요하면 벌면 되고 누가 괴롭히면 막으면 될 일.

하지만!

기쁜 마음에 걷어내던 길모의 시선이 코 뿌리 산근 위의 인당에서 멈췄다.

'인당······.'

길모의 눈은 숨 가쁘게 양 볼의 관골로 옮겨갔다. 인당에 서린 검푸른 기운. 어이없게도 관골까지 이어지고 있었다.

'아뿔싸!'

길모는 갈비뼈가 무너져라 탄식을 내뿜었다.

"어때요?"

류 약사가 물었다. 생글거리지만 살짝 긴장한 얼굴이었다.

"좋네요. 이마 깨끗하고 수려하니 명예를 누릴 상이오, 눈 코 입이 오똑하니 좋은 신랑 만나고 재산도 걱정 없을 거 같아요."

"결혼은요? 결혼은 언제할 거 같아요?"

여자들이란.

그저 묻는 게 결혼 아니면 남자다. 그제야 류 약사의 결혼을 다시 확인하는 길모. 류 약사의 결혼은 조혼도 아니고 만혼도 아니다. 그러니 서른 안팎에 걸리고 있었다.

"거봐요. 선 천천히 봐도 되잖아요."

길모의 말을 들은 류 약사가 마 약사에게 전달했다.

"거 제대로 보는 거야? 여자가 결혼 일찍 하면 안정되고 좋지 뭘······."

조제실에 틈으로 고개를 들이댄 마 약사가 볼멘소리를 냈다.

"중요한 게 한 가지 남았습니다."

길모는 나지막한 말로 류 약사를 바라보았다.

"뭐예요?"

류 약사는 기대감 어린 표정으로 얼굴을 내밀었다.

콱!

키스를 하고 싶었다. 그 도톰한 입술에 대고 격정적으로. 하지만 마음 뿐, 길모는 떨리는 목청을 감추며 말을 이었다.

"그건 밥을 사야 말할 수 있습니다."

복채, 아직 받지 않았다. 그러니 핵심은 남겨두는 것이다.

"좋아요. 언제 사면되죠?"

"내, 내일요."

"홍 부장님 출근하면 저녁이니까 저녁 먹으면 되겠네요?"

"네? 네……."

"정말 중요한 거 맞죠?"

류 약사가 다시 한 번 다짐을 놓았다.

"그럼… 요."

대답은 하지만 목소리는 크지 않았다. 길모는 음료수 통을 받아 들고 밖으로 나왔다. 한숨이 나왔다.

[뭔데 그렇게 오래 걸려요? 얘기 잘됐어요?]

오토바이 위에 올라앉아 있던 장호가 물었다.

"관상 봤다."

[안… 좋아요?]

눈치 빠른 장호가 조심스럽게 수화를 날렸다.

"액운이 꼈어."

[무슨 액운요?]

"알 거 없다."

길모는 그 말을 두고 카날리아를 향해 걸었다. 들어갈 때와는 달리 맥없는 걸음걸이였다.

[형!]

"알 거 없대도."

'아, 씨… 잘나가다가…….'

장호의 입에서도 한숨이 새어 나왔다.

장호는 마포걸레를 밀었다. 오늘은 길모네 박스가 청소를 담당하는 날이었다. 한참 날아다닐 때 길모가 사인을 보내왔다.

"잠깐 조용히 좀 해봐라."

장호가 고개를 들었다. 길모의 눈은 텔레비전에 꽂혀 있었다.

—인기 스타 이지유 씨가 마약 복용 혐의로 구속되었습니다. 검찰은 조금 전에 이지유 씨를 소환한 가운데 구속 영장을 집행하고…….

[이지유, 형이 저번에 에뜨왈에서 심사 봤다면서요?]

"쉿!"

—한편 이지유 씨의 소속사에서는 이지유 씨가 마약을 쓴 건 맞지만 외국에서 치료차 사용한 것이라 주장하며 대책을 논의 중인 것으로…….

[으악, 마약!]

—검찰은 이지유 씨의 머리카락과 혈액에서 마약 성분을 밝혀냄으로써 혐의 입증을 확신하는 가운데 또 다른 연예인들을 대상으로 마약복용자를 찾고 있는 것으로…….

[형, 저 여자 맞죠?]

"그래."

[형이 광고 모델로 쓰면 안 된다고 했다는…….]

"그래."

[으아, 지금 그 광고 나오던데 만약 이지유로 썼으면…….]

"……."

[형, 나 형이 너무너무 존경스러운 거 있죠?]

"쉬잇! 불 난 뉴스 나온다."

길모는 주의를 환기시켰다. 화면에서 총회장네 가짜 양주 공장 화재가 나오고 있었다.

―다음은 화재 소식입니다. 어젯밤 양주동에서 일어난 화재는 가짜 양주 공장 전소 사건을 수사 중인 경찰은 양주를 만드는 과정에서 흘러나온 알코올에 의한 화재로 추정하고 화재 원인 규명에 박차를 가하고 있습니다. 화재 당시 건물 안에는 조직원 한 사람이 있었지만 탈출하여 인명 피해는 없는 가운데 경찰은 가짜 양주 조직을 전격 체포하여 혐의를 조사하고 있습니다. 한편 이들의 금고에서는 가짜 양주 거래 자금으로 추정되는 돈이 잿더미로 발견된 바 경찰은 거래처를 추적하는 한편…….

[우와, 형 얘기는 안 나와요.]

장호의 수화가 허공에서 춤을 췄다. 화면은 현장의 금고를 비추었다. 새까맣게 그을린 금고. 그 안에 남겨둔 돈은 재로 변해 있었다.

'빙고!'

길모는 쾌재를 불렀다. 길모의 판단이 맞았던 것이다. 금고

문은 튼튼했다. 내벽도 나쁘지 않았다. 하지만 바닥이 부실했다. 진짜 특수금고라면 저 정도 화재에 안의 내용물이 타지 않는다. 그러니 총회장 일당들, 맨날 짝퉁만 만들어서 불법으로 유통시키더니 금고도 짝퉁으로 들였던 모양이었다.

'후우!'

길모는 시원한 숨을 몰아쉬었다. 더는 신경을 쓰지 않아도 될 것 같았다.

[형… 무슨 일인지 몰라도 힘내요. 형은 우리들의 영원한 관상왕이라고요.]

장호가 기운을 북돋아주었다. 길모는 1번 룸으로 들어갔다. 그리고 소파 위에 엉덩이를 주저앉혔다.

'대체 어떤 인간이……'

길모는 주먹을 불끈 쥐고 파르르 떨었다.

류설화의 관상.

인당을 타고 내려온 검푸른 기운이 관골에 퍼지고 있었다. 그건 누군가 류설화를 음해한다는 의미였다. 기세로 보아 일주일 정도 후.

'내일 만나서 알아보면 알겠지.'

잠시 착잡한 마음을 달랠 때 전화벨이 울렸다. 에뜨왈의 이 실장이었다.

─이봐, 홍 부장!

"이 실장님!"

─뉴스 봤나?

"무슨 뉴스······?"

길모는 시치미를 떼며 물었다.

—자네 정말 신이 들려도 단단히 들렸어. 자네가 안 된다던 이지유가 오늘 마약 복용 혐의로 구속되었어. 자네 말 안 들었으면 나도 곤란할 뻔했다고!

"그렇습니까?"

—이 사람, 뭐가 그렇습니까야? 방금 광고주하고 통화했는데 내 선견지명에 놀랐다면서 앞으로 자기 회사 광고는 우리한테 몰아주겠다는 거야. 저녁 10시 예약해 두시게. 내 한턱 푸지게 쏘겠네.

"실장님은 서 부장님 단골이시지 않습니까? 그럼 서 부장님에게······."

—사람, 왜 이렇게 깝깝해? 내 돈 내 마음대로 쓰는데 누가 뭐랄 거야? 나 이제부터 홍 부장 단골할 거니까 그런 줄 알라고. 서 부장에게는 내가 따로 말하지.

"······?"

—10시야. 술 좀 좋은 걸로 가져다 두고.

그 말을 끝으로 이 실장은 전화를 끊었다.

'빙고!'

쾌보를 듣자 가라앉았던 마음에 확 불길이 솟았다. 그 사이에 출근한 승아가 옷도 갈아입지 않은 채 룸으로 들어섰다.

[오빠, 얘기 들었어요.]

"장호가 그새 떠벌렸냐?"

[진짜 대단해요.]

"알았으니까 얼른 옷이나 갈아입어라."

승아는 오른손 바닥을 가슴 중앙에 댔다. '나' 라는 의미다. 이어 검지로 길모를 가리켰다. '너' 라는 의미다. 다음으로 오른손의 엄지를 접고 나머지 손가락을 펴 바닥이 왼쪽으로 향하게 세운 후 검지 옆면을 턱 중앙에 대었다. '참' 이란 뜻이다. 마지막 행동은 길모도 똑같이 했다. 오른 주먹을 코에, 엄지와 검지가 옆면이 닿게 대는 것. '좋아' 라는 뜻이다.

번역하면 '나는 네가 좋다' 라는 뜻인데 '참' 은 몇 번을 해도 쉽게 되지 않았다.

"성형외과 선생님한테는 다녀왔냐?"

[장비 세팅되는 대로 연락해 준대요.]

"연락 오면 나한테 말해라."

[네.]

수화를 남긴 승아는 얌전하게 룸을 나갔다.

어둠이 제대로 내리자 3대 천황이 죄다 출근을 했다. 그중에서도 서 부장과 강 부장은 아예 손님과 같이 나왔다. 밖에서 만나서 모시고 오는 눈치였다. 더불어 에이스와 아가씨들도 앞서거니 뒤서거니 들어섰다. 누구는 외제차를 타고 오고 또 누구는 하얀 세단을 타고 왔다. 차들은 아가씨들을 내려놓고 떠났다. 그들은 내일 새벽에 다시 올 것이다.

'레드 카펫!'

아가씨들이 출근할 때면 작은 레드 카펫을 방불케 한다. 왜냐하면 아가씨들도 경쟁을 하기 때문이다. 텐프로 아가씨의 일부는 유명 스타들이나 드나든다는 미용실만 이용하는가 하면 출근하기 직전에 피부 마사지를 받는 사람도 많았다.

속옷 하나도 명품이다. 수입도 수입이지만 아가씨들 간의 자존심 싸움, 거의 연예인 수준이었다.

옷.

가방.

차.

남자.

신발.

그녀들에게는 그 모든 것이 자신의 자존심과 직결되고 있었다.

거기에 비하면, 유나와 승아는 새 발의 피였다. 이제 마이낑 걱정에서 벗어났고 조금씩 자기 관리에 투자를 하고 있지만 타고난 에이스 사이즈가 아니니 하루아침에 아까노끼가 되랴?

에이스들의 격전은 사실, 룸 안에서도 치열하다. 웃고 있지만 웃고 있지 않을 때도 많다. 튀지 못하면 밟아버리는 것이다.

"사실은 쟤……."

라이벌 에이스가 자리를 비운 순간 큰손 단골에게 비밀이 넘어간다.

레이스예요!

말인 즉 걸레+에이스, 즉 2차 전문이라는 뜻. 텐프로 손님들은 서로 모르는 사이일 것 같지만 소문은 퍼진다. 그것도 폴폴!

일단 소문이 나면 사실 관계와 상관없이 피곤해진다. 자존심에 쓰나미를 맞는 것이다. 게다가 일일이 설명하기도 귀찮다. 그래서 다른 가게로 옮겨가는 아가씨도 많다. 파워게임에서 밀린 탓이다.

그런데 적어도 텐프로에 나가는 에이스라면 돈 몇 푼에 2차갈 사람은 거의 없다. 천만 원, 2천만 원을 줘도 마찬가지다. 왜냐면 아가씨들은 돈에 궁하지 않다. 그들 자신도 월수입이 2~3천을 거뜬히 찍기 때문이다. 그러므로 텐프로 아가씨들이 콜에 응한다면 그건 사람에 끌리기 때문이다. 혹은 투자를 위해서다. 이 아가씨들 중에는 신분 상승을 꿈꾸는 사람들이 많다. 혹자는 재벌가의 며느리로, 혹자는 연예인 캐스팅 쪽으로.

성공한 사람?

당연히 많다. 특히 후자가 그렇다. 다만, 그 바닥에서 성공하는 것과는 좀 다른 이야기다. 아가씨들은 그걸 일러 스폰서라고 하는데 스폰서도 남자다.

무릇 모든 남자는 미녀와 자고 싶어 한다. 그러니 텐프로 아가씨들도 헛다리를 짚을 때가 많다. 그 스폰서, 애당초 아가씨를 연예계의 신성 스타로 생각한 게 아니라 잠잘 구실로써 다리가 되었을 가능성일 수도 있으니까. 이래서 남자는 다 도둑놈!

아, 그러고 보니 여자 관상에서 좋은 점을 깜빡했다. 역시 재미로 보시길.

1) 입술 중앙의 살이 솟은 여자는 잠자리가 감동이다.

2) 늘 조금 벌어진 입의 여자는 성적 매력이 있다.

3) 입이 큰 여자는 의지가 강하다.

4) 코 중앙이 발달한 여자는 재운이 있다.

5) 작은 코의 여자는 애교덩어리.

6) 입술이 두툼하고 뺨이 풍성하면 다정하다.

7) 이중 턱의 여자는 인정이 많다.

*　　　*　　　*

'오실 때가 되었는데?'

이 실장의 예약 시간이 되자 길모는 장호를 데리고 주차장으로 나갔다. 어두운 저편으로 만복약국이 눈에 들어왔다.

밤 10시.

류 약사가 셔터를 내리고 있었다. 그 옆에는 마 약사가 빈둥거리고 있다. 저 손은 뒀다 뭐 하려는 걸까? 맨날 류 약사를 시켜먹는다. 월급 준다지만 볼 때마다 화가 난다. 길모라면 맨날 업고 다녀도 시원치 않을 류 약사였다.

안광이 지배를 철함!

자칭 인간문화재라던 양주동 박사가 한 말이다. 책을 보고 또 보면 모르는 뜻도 저절로 알게 된다는 의미다. 마치 그 말처럼 류 약사, 자신을 바라보는 길모를 보고는 손을 흔들어 보였다. 마 약사, 그 옆에서 류 약사에게 핀잔을 주고 있다. 길모는 저놈의 대머리를 확 뭉개 버리고 싶었다.

[형!]

류 약사에게 정신이 팔린 사이에 장호가 등을 톡톡 쳤다. 돌아보니 이 실장의 세단이 또 다른 세단을 달고 들어오고 있었다. 정신줄이 번쩍 선 길모가 세단을 향해 정중히 묵례를 올렸다.

"오셨습니까?"

그런데, 길모가 채 인사말을 올리기도 전에 뒤에서 인사가 날아왔다. 서 부장이었다.

"이어, 서 부장, 홍 부장!"

이 실장은 귀빈 한 사람을 동행하고 있었다. 길모, 입장이 곤란해 뭐라고 입을 열지 못하는데 서 부장이 또 선빵을 날려왔다.

"들어가시죠."

"그럴까?"

이 실장은 서 부장을 따라 들어갔다. 이게 뭐야? 길모는 뒤통수를 제대로 맞은 기분이었다. 이 실장. 분명 길모에게 예약을 했었다. 분명 단골을 길모에게 돌린다고 했었다. 그런데, 그런데…….

딸랑!

당혹스러운 길모의 귀에 장호의 방울 소리가 들렸다. 주로 급할 때만 울리는 장호의 방울. 길모는 소리를 따라 시선을 돌렸다.

'오, 마이 갓!'

돌린 상태에서 길모는 주춤 흔들렸다. 하마터면 쓰러질 뻔했다. 운전석에서 나온 사람, 채혜수였다.

"안녕하세요?"

"혜수 씨……."

거푸 터진 돌발 상황에 길모는 눈알만 뒤룩거렸다. 이 여자가 여길 왜 왔단 말인가? 혹시 변심?

"놀랐죠?"

"조, 조금요."

"실장님 기사분이 갑자기 설사가 나서 병원으로 갔어요. 이 실장님이 여기 가신다고 대체 운전 직원 좀 알아보라기에 제가 자원했어요."

"오라, 사전 탐방차?"

길모, 그제야 얼굴이 쫙 풀렸다.

"네. 안 될까요?"

"뭐 안 될 거 없죠. 여기도 사람 사는 곳인데……."

"이제 말 안 높이셔도 돼요. 어떻게 보면 제 고용주잖아요?"

"아버지, 수술 잘됐죠?"

"그럼요. 만약 수틀렸으면 제가 벌써 홍 부장님 머리카락을 죄다 뽑아버렸을걸요?"

"하핫, 다행이네. 난 대머리는 비호감이라서……."

그러면서 자기도 모르게 약국을 바라보는 길모. 약국은 깊은 침묵에 휩싸여 있었다.

"들어가지. 어차피 실장님도 변심하신 거 같은데 잠깐 근무 환경을 보여줄게."

길모의 손이 출입문을 가리켰다.

길모가 혜수를 데리고 들어서자 오 양이 먼저 관심을 보였다.

다음으로는 이 부장이었다. 복도에서 손님과 쑥덕공론을 하던 그는 뭔가 심상치 않다는 반응을 보였다.

　다음으로 사무실 문을 열고 방 사장을 만났다. 그 다음으로는 1번 룸을 보여주었다.

　"여기가 혜수 씨 주 근무처. 우리 팀에서는 관상룸이라고도 부르지."

　혜수가 들어서자 1번 룸에 달이 뜨는 것 같았다.

　'역시…….'

　이 실장의 변심으로 상한 마음이 혜수의 등장으로 풀어졌다. 길모의 예상대로 그녀는 1번 룸에 기가 막히게 어울렸다. 옷만 제대로 입고 앉으면 관상왕의 한 날개로서 그만일 비주얼이었다. 한참 넋이 나가 있을 때 장호가 들어왔다.

　[서 부장님이 좀 오시래요.]

　"나?"

　[네.]

　"미안, 잠깐 기다릴래?"

　길모가 혜수를 보며 말했다.

　"아뇨. 구경도 잘했고 운전 임무도 마쳤으니 가볼게요. 실장님 가실 때는 대리 불러주세요."

　"소감은 어때?"

　"솔직히 아직은 잘 모르겠어요. 과연 내가 잘할 수 있을까 싶기도 하고……."

　"불안하면 나를 믿어. 내 관상 실력… 그렇게 허접하지 않거든."

"그건 믿어요."

"땡큐, 그럼 됐으니까 차에 가서 잠깐만 기다려. 내가 첫 임무를 줘야 하거든."

길모는 그 말을 남기고 서 부장의 7번 룸으로 뛰었다. 이 실장, 그의 변심은 섭섭하지만 이해가 되었다. 막상 길모 쪽으로 단골을 바꾸려니 켕기는 마음. 그가 오랫동안 서 부장의 단골이었으므로 어쩔 수 없는 일이었다.

7번 룸 문을 열었다. 테이블에는 2,000만 원짜리 꼬냑이 세팅되어 있었다. 어쩌면 길모의 매상이 되었을 꼬냑. 그래도 길모는 마음을 비웠다.

"서 부장! 한 잔 받게."

길모가 들어서자 이 실장은, 길모가 아니라 서 부장에게 잔을 내밀었다. 그리고 그가 잔을 비우자 온화한 미소로 말을 이었다.

"미안하지만 오늘부터 내가 홍 부장 룸을 이용해야겠네!"

제4장

대기업의 특채 제의

"……!"

"……!"

길모와 서 부장은 거의 같은 표정을 지었다. 둘 다 당혹의 극치에 올라선 것이다. 그러나 서 부장은 노련했다.

잠시 흔들리던 손을 진정시키더니 차분하게 술을 비워냈다. 길모는 숨을 죽인 채 서 부장의 입을 주목했다. 카날리아의 3대 천황 중에서도 최상급에 속하는 웨이터이자 전설. 동시에 대한민국 전체를 통틀어도 열 손가락 안에는 들어갈 처세의 황제 서 부장.

"제가 무슨 실수라도?"

"그러시면 좀 서운한데요?"

서 부장은 그런 삼류 멘트를 날리지 않았다.

그는!

"그렇잖아도 실장님과 홍 부장의 인연이 각별하여 언제 조용히 자리를 바꿔드리려던 참이었습니다."

서 부장은 그렇게 말했다.

"이런 배포를 봤나?"

이 실장, 서 부장의 한마디에 감탄해 마지않았다.

"괜한 말이 아니라 홍 부장… 한편으로는 실장님 생명의 은인이 아닙니까? 저야 그런 방향으로는 영 젬병이니 물 따라 가는 게 옳은 일로 압니다."

"역시 쿨하군. 고맙네. 대신 내, 직원들 접대는 서 부장을 적극 추천할 테니 그렇게 아시게."

"고맙습니다. 실장님!"

서 부장이 묵례를 올렸다. 끝까지 서비스 마인드를 잃지 않은 프로 중의 프로, 서 부장. 그는 그렇게 실리를 챙길 수 있었다.

"잠시만 기다려 주십시오!"

서 부장은 길모를 남겨두고 룸을 나갔다. 길모는 그가 뭘 하려는지 알 것 같았다. 예상대로 서 부장은 자기 박스의 아가씨 전부를 이끌고 들어왔다. 그리고 그들과 어깨를 나란히 하고 서서 이 실장에게 인사를 올렸다. 그동안 아껴준 것에 대한 보답이자 예의였다.

'과연 서 부장님은……'

깔끔하다 못해 빛까지 나는 매너. 적도 손님으로 만들 마인드였다.

7번 룸을 나온 이 실장과 귀빈은 길모를 앞세워 1번 룸에 들어섰다.

"여기가 바로 그 유명한 관상룸입니다. 최 회장님."

이 실장이 룸을 보며 말했다. 이어 최 회장을 길모에게 정식으로 소개시켰다.

"인사하시게. 자네가 혜안으로 심사한 모델들 광고주이신 최 회장님일세."

"영광입니다!"

길모는 천천히 고개를 조아렸다. 공손하지만 비굴하지 않게.

"말 많이 들었네. 신 내린 관상박사시라고?"

"과찬이십니다. 그저 열심히 볼 뿐입니다."

"자, 이제 저 방은 제가 썼으니 약속대로 이 방에서는 회장님이 책임을 지십시오."

이 실장이 최 회장에게 공을 넘겼다.

"허헛, 내가 지은 죄가 있으니 매상 좀 올려야겠지. 아까 마신 술 봤나?"

최 회장이 길모를 바라보았다.

"예."

"그것보다 두 배 정도 비싼 걸로 가져오시게."

"고맙습니다. 그럼 아가씨는?"

"저 양반 말이 이 룸에 어울리는 아가씨들이 따로 있다더군. 그러니 룰대로 하시게."

최 회장은 초이스 대신 추천을 택했다. 그렇다면 당연히 승아와 유나였다.

"앉으시게. 사실 술보다 홍 부장 보려고 온 길이니……."

아가씨에 이어 술이 세팅되자 최 회장이 자리를 권했다. 길모는 최 회장 쪽 소파에 자리를 잡았다.

"듣자니 여기 이 실장 목숨을 두 번이나 구했더군."

"두 번이오?"

길모가 눈을 들었다.

"그러고 보니 그렇습니다. 한 번은 룸에서, 또 한 번은 이번 광고에서……."

이 실장이 맞장구를 쳤다. 얘기를 듣고 나니 그런 것도 같은 길모.

"나도 뉴스 보고 아찔했습니다. 이지유… 워낙 이미지가 착하고 깨끗해서 내심 기대했는데 이 실장이 탈락시키길래 불쾌감도 있었지요. 그런데 그런 아이가 마약이라니……."

"아찔하기는 저도 마찬가지입니다. 저도 절반은 그 친구에게 마음이 있었거든요."

"보고 받아 보니 그 친구가 나선 CF 관련 상품들 판매율이 보통 10% 이상 곤두박질쳤다고 하더군요. 이거 홍 부장이 아니었으면 중국 땅 밟기도 전에 패착이 될 뻔했습니다, 그려."

"그러니 회장님이나 저나 다 대운이 아닙니까? 이런 귀인을 만나다니……."

"나도 접대 장소 옮겨야겠습니다. 홍 부장, 나 단골로 받아 주실 텐가?"

최 회장이 길모를 바라보며 물었다.

"언제든 오시면 최선을 다해 모시겠습니다."

"어허, 그래도 한 가지는 명심하시게. 최 회장님보다 내가 먼저 아는 사이니까 내가 우선권일세."

"아, 네……."

이 실장이 농담을 날리자 길모도 맞장구를 쳐주었다.

"우선 말일세, 관상으로 봐서 올해 내 사업 운이 어떤가?"

최 회장이 얼굴을 반듯이 들어보였다.

"……!"

길모, 눈이 훤해지는 거 같았다. 인상이 좋길래 관상도 좋으리라 생각했지만 흠 잡을 데가 없었다. 시원한 이마와 윤기 나는 명궁, 그리고 깨끗한 산근을 보니 큰 질병도 없는 상태.

"올해는 대운이십니다. 뜻하는 대로 밀어붙이셔도 될 것 같습니다."

"어이쿠, 이거 어째 중국 총리의 지지 선언보다도 더 힘이 나는구먼. 유나라고 했나? 가서 봉투 하나 구해 오거라."

기분이 흥한 최 회장이 유나에게 말했다.

"아가씨들은 귀빈들을 밝히는 꽃이니 심부름은 보조에게 시키겠습니다."

길모는 유나를 그대로 두고 장호를 호출했다.

"호오, 룸싸롱에서는 아가씨가 상품인데 아끼는 것을 보니 관상만 박사가 아니로군. 아무튼 관상을 보았으니 복채 여기 있네."

장호에게서 봉투를 받아 든 최 회장이 그 안에 수표를 넣어 내밀었다.

"처음이니 인사로 봐드린 것으로 하고 다음에나……."

길모가 사양하자,

"그럼 이렇게 하고 제대로 한 판 봐주시겠나?"

최 회장은 수표 한 장을 더 끼워 넣었다.

"홍 부장, 우리 최 회장님, 발등에 불 떨어지신 모양일세. 한 번 인심 써드리게나."

구경만 하던 이 실장이 지원탄을 쏘아댔다.

턱!

최 회장이 꺼낸 건 두 명의 사진이었다. 그 사진의 원판도 노트북 화면 위에 띄워놓았다.

"여기 오기 직전에 찍은 사진일세. 필요하면 두 사람을 당장 불러올 수도 있고."

최 회장이 길모를 바라보았다.

"무엇을 봐드리면 되는지요?"

길모가 물었다.

"우리가 이번에 사운을 걸고 중국 진출을 시도하고 있지 않나? 실은 15년 전에도 중국 공략에 나섰지만 고배를 마신 전력이 있다네."

"……."

"세상이 아무리 변했다고 해도 상품보다는 사람일세. 이지유의 경우에서도 보이듯이 기업의 마인드가 불건전하면 아무리 좋은 제품도 외면을 받지. 그러니 사람이 제일 아니겠는가?"

최 회장의 서두가 길어졌다. 길모는 그래도 흐트러짐 없이 최 회장을 주목했다. 가끔은 고개를 끄덕이고 또 가끔은 미소를 띠면서.

유나와 승아도 길모와 비슷했다. 입에 문 방긋한 미소를 지지 않는 꽃으로 피워낸 채 손님을 바라보았다. 당신은 황제. 우리는 당신의 말을 경청하고 있습니다. 그런 모습이었다.

"그때는 중국 시장이 성숙되지 않은 탓도 있지만 현지 본부장을 잘못 뽑은 탓이 컸다네. 철석같이 믿던 친구가 글쎄 공산당 간부의 딸과 정을 통했지 뭔가? 덕분에 사후 수습하느라 진땀을 뺐다네."

"……."

"이번에는 단단히 인선을 했네만 인사가 만사라고 검증이야 거치면 거칠수록 좋은 법. 내일이 발표일이라 지금쯤은 당사자들에게 통지를 해야 하는데 마침 이 실장과 약속이 오늘로 잡혀서 체면 불구하고 부탁드리는 걸세."

"그러니까 이 두 분이 최종 후보자로군요?"

"그러네. 우리 회사에서 잔뼈가 굵은 업무통에 중국어도 잘하고… 사실 내부적으로는 우열을 가리기가 쉽지 않네만……."

"그럼 제가 감히 한 번 관상을 보겠습니다."

길모가 사진을 집어 들자 룸 안에는 숨소리조차 들리지 않았다.

첫 번째 남자.

'후중지상(厚重之相)······.'

길모는 마의상법 제일 앞부분을 떠올렸다. 저절로 아는 것이
지만 책을 본 바 함께 생각이 난 것이다. 마의상법에는 관인팔
법이라는 게 있다. 인물을 등용할 때 참고하는 관상법 중의 하
나였다.

위맹지상(威猛之相), 후중지상(厚重之相), 청수지상(淸秀之相),
고괴지상(古怪之相), 고한지상(孤寒之相), 박약지상(薄弱之相),
악완지상(惡頑之相), 속탁지상(俗濁之相)의 여덟 가지.

전자의 네 가지는 주로 귀(貴)한 기세가 많음을 뜻하고 후자
의 네 가지는 귀함보다 천(賤)이 많음을 말한다.

후중지상은 위맹지상과 더불어 위엄이 서린 상이지만 살이
뼈를 넉넉히 둘러싼 형상이다. 주로 리더 역할에 적합하며 기업
가에게서 많이 보인다.

'기본적으로 대업을 맡을 만한 인물······.'

길모는 기타 명궁과 질병궁, 그리고 부부궁까지 짚어보고 다
음 사진을 들었다.

꼴깍!

누구 것인지 침 넘어가는 소리가 들려왔다. 길모는 자신도 목
에 고인 침을 넘기며 집중했다.

'이 사람은 고괴지상······.'

고괴지상은 얼굴 모양이 대체로 울퉁불퉁 굴곡이 있다. 굴곡

이 있되 천박하지 않다. 말솜씨가 뛰어난 사람이 많고 직업적 성공에 무리가 없을 상.

여기까지는 우열을 가리기 어려웠다. 덕장의 이미지를 갖춘 전자의 임원과 달변의 리더십을 갖춘 후자의 임원. 둘 다 새 시장을 개척하는 데 중요한 요소이다. 그러니 최 회장이 고심을 한 것도 무리가 아니었다.

그런데!

사진을 든 길모의 미간이 일그러졌다. 고꾀지상 임원의 눈에 서린 빛깔 때문이었다.

"노트북을 한 번 보겠습니다."

길모는 화면을 당겨 확대했다. 그리고는 혼자 탄식을 자아냈다.

'아뿔싸!'

달변의 임원 눈에 서린 건 화면이나 잉크 탓이 아니었다. 흰 자위와 그 주위를 따라 강력하게 깃든 검푸른 액운. 그건 그의 건강에 치명적인 적신호가 왔다는 뜻이었다.

길모, 잠시 고개를 갸웃거렸다.

몽몽 코스모틱. 세계 정상급으로 잘나가는 화장품 회사다. 그런 회사라면 적어도 일 년에 한 번은 건강검진을 할 터. 더구나 평사원도 아니고 최고위직 임원이 아닌가?

재확인을 위해 질병궁인 콧대를 살펴보았다.

'틀림없어.'

길모는 확신했다. 콧대의 질병궁 안쪽에서도 검푸른 기운이 새어 나오고 있었다.

"송구하지만……."

결론을 내린 길모가 최 회장을 바라보았다.

"끝났는가?"

최 회장이 초조하게 물었다.

"난형난제(難兄難弟)이오나 한 분은 오비삼척(吾鼻三尺)이라. 회장님이 아마 등하불명(燈下不明)하지 않으셨나 싶습니다."

"내가 등잔 밑이 어두웠다? 그럴 리가?"

"이분 혹시 건강에 이상이 없으십니까?"

길모가 달변의 임원 사진을 짚었다.

"오 상무? 당연히 없지. 이 친구는 아주 불도저일세. 한 번 밀어붙이면 끝장을 보는 친구라네. 게다가 설득력도 강하고."

"적임자이시긴 한데 아마 건강에 이상이 있을 겁니다."

"……?"

길모의 한마디에 최 회장이 숨소리가 멈춰 버렸다.

"제가 볼 때, 그분이 조금 더 운이 강하지만 낙점을 하시려면 건강부터 확인하시기 바랍니다."

"관상에… 건강 상태도 나오나?"

"눈 하나만 해도 인체의 많은 부분과 연관되어 있습니다. 이분 흰자위에 나쁜 기운이 돌연히 서려 있으니 아마 폐에 심각한 이상이 있을 것으로 보입니다."

"그럴 리가? 올봄의 임원 건강검진에서도 아무 문제가 없었는데?"

"제 능력이 닿는 데까지 말씀드렸으니 판단은 회장님 몫입니다."

길모는 가벼운 묵례로 의견 개진을 마쳤다.

"한 번 물어보세요. 우리 간부 중의 하나도 간암에 걸렸는데 승진에 문제가 생길까 봐 숨겼던 전력이 있습니다."

듣고 있던 이 실장이 훈수를 뒀다. 최 회장은 그래도 고개를 갸웃거렸다. 거기까지는 믿기 어렵다는 표정이었다.

그때 장호가 길모에게 수화를 날려왔다.

[형, 우리 에이스 밖에서 기다리잖아요?]

'아차!'

길모는 잊고 있던 혜수를 떠올렸다. 최 회장에 몰두하느라 깜박한 것이다. 길모는 잠깐 다른 룸을 체크하고 오겠다는 핑계로 자리에서 일어섰다. 최 회장은 긴가 민가 하며 핸드폰에서 번호를 터치하고 있었다.

"혜수 씨, 미안!"

밖으로 나오자마자 길모는 사과부터 했다. 본의는 아니었지만 소홀하고 만 것이다.

"봐드릴게요. 우리 실장님… 거래처 회장님을 모시고 왔으니 편한 자리는 아니었을 테니까요."

"이해해 줘서 고마워."

"병원에 들러야 해서 이제 가야해요. 할 말이 뭐예요? 혹시 뭐 관상책 준비하라는 거?"

"그건 아니고… 혜수 씨만이 할 수 있는 일이 있어서."

"푸훗, 관상박사라도 그런 말을 하니 우습네요."

"관상박사라도 못 하는 일이 더 많거든."

"알았으니까 말해보세요. 제가 할 수 있는 일이면 해드릴게요."

혜수의 다짐을 들은 길모는 비로소 홍연에 대해 운을 떼었다.

"네에?"

이야기를 마치자 혜수의 눈이 둥그레졌다.

"미안해. 하지만 우리 박스에는 서홍연이 마지막 퍼즐 조각이야. 그 친구가 있어야 완성이 된다고."

"홍 부장님!"

"그 친구는 돈이 필요할 거야. 그 돈은 내가 마이낑… 아니 계약금으로 미리 줄 수 있어. 그러니……."

"그러니까 서홍연이라는 애도 관상상 홍 부장님이랑 한솥밥을 먹어야 성공한다, 이거로군요?"

"그, 그렇지."

"아, 진짜… 아무리 그래도 그렇지. 내 결정 내리기도 어려웠는데 연예인 되겠다고 바람 든 애까지 룸싸롱에 데려오라니……."

"룸싸롱이 아니고 텐프로!"

"미안하지만 밖에서 보기엔 그게 그거거든요?"

"부탁해. 혜수 씨가 거들어주면 일이 쉬워질 거 같아서 그래."

"허얼~!"

혜수가 마음의 결정을 내리지 못할 때 유나가 뛰어나왔다.

"홍 오빠!"

"나 지금 바빠!"

"그게 아니고 오빠가 또 맞췄어."

"맞춰?"

"방금 최 회장님이 그분에게 전화를 했어. 그런데 그분이 진짜 폐암에 걸렸는데 중국 본부장 자리 놓칠까 봐 말을 못 하고 있었대."

"……?"

"빨리 들어가 봐. 최 회장님이 귀신 중의 상 귀신이라고 빨리 데려오라고 난리야!"

"뭐예요? 또 뭘 맞춘 건데요?"

듣고 있던 혜수가 물었다.

"웅? 뭐 별거 아니고… 최 회장님이 중국 본부장 인물 좀 찍어달라는데 보니까 한 분께 병이 있더라고. 그게 적중했나 봐."

"……."

"나 들어가 봐야 해. 도와줄 거지?"

"어쩌겠어요? 이렇게 신들린 관상박사가 텐프로에서 일할 운명의 아가씨라는데야… 게다가 사사롭게는 내 미래의 스승이시고."

"땡큐, 그럼 부탁해!"

길모는 그 말을 남기고 입구로 뛰었다. 기분이 날아갈 것 같았다.

아자!

"굉장하군."

최 회장은 거듭 감탄을 쏟아냈다. 목이 타는지 양주도 두 잔이나 스트레이트로 넘겼다. 길모가 신호를 보내자 유나가 물을 권했다. 나이든 손님들. 자칫 스트레이트를 잘못 마시면 목이 타는 수도 있었다.

"홍 부장 말이 맞았네. 이 친구 말이 얼마 전에 몸살감기가 잘 떨어지지 않아서 병원에 갔는데 폐암 진단을 받았다는 거야."

최 회장의 목소리가 높아졌다.

"자기 말로는 그 정도 병은 이겨낼 자신이 있는데다 중국 진출에 기여하고 싶어서 말을 하지 않았다고 하는군."

"……."

길모는 말없이 최 회장을 주목했다. 이럴 때는 그저 잘 들어주는 게 잘 말하는 것이었다.

"족집게, 족집게! 이런 족집게가 있나. 한 잔 받으시게."

최 회장이 잔을 내밀자 길모는 두 손으로 공손히 받았다. 길모가 고개를 돌려 잔을 비워내자 최 회장이 길모의 손을 잡았다.

"홍 부장!"

"예, 회장님!"

"자네 혹시 우리 회사에서 일해 볼 생각 없나?"

"······?"

돌연한 제의에 이 실장을 비롯해 모두가 토끼눈으로 변했다. 탄탄한 기반의 몽몽 코스모틱. 그 회사의 수장이 전격 제의를 던진 것이다.

"과장급으로 전략기획실에 자리를 마련해 주겠네. 거기서 내 특별보좌 역할을 하면서 신입사원이나 임원들 인사 때마다 도와주시게. 그럼 여기에서 일하는 것보다 낫지 않겠나?"

최 회장은 진지했다. 술김에 던지는 조크가 아니었다.

"죄송하지만······."

"내 진짜 자네에게 반해서 그런다네. 대충 불러서 써먹다가 내치지 않을 테니 수락해 주시게."

최 회장이 거듭 말하자 승아와 유나의 표정에 그늘이 지기 시작했다. 이제 막 시작한 길모의 박스. 길모가 떠난다면 승아와 유나는 다시 각두기 역할이나 끼워 넣기 신세를 면하기 어려울 판이었다.

"곤란합니다."

길모는 단칼에 회장의 제의를 잘랐다.

"왜? 자리가 너무 약한가?"

"아닙니다. 회장님 제의는 과분하도록 아름답지만 연비려천 (鳶飛戾天)에 어약우연(漁躍于淵)이라, 솔개는 하늘에서 놀고 물고기는 연못에서 뛰노니 제게는 이 자리가 어울립니다."

"홍 부장!"

"그래도 보잘 것 없는 관상 솜씨를 알아주시니 기쁜 마음 감출 길 없습니다. 제가 한 잔 올리겠습니다."

길모는 유나가 넘겨준 병을 들고 고개를 조아렸다. 최 회장은 아쉬운 마음 가득한 눈빛으로 술을 받았다.

"다시 생각해 보시게. 내가 나중에 비서실장을 보내겠네."

하지만 최 회장, 그냥 물러서지 않았다.

꼬냑 두 병을 더 비운 후에야 이 실장의 술자리가 파했다. 1번 룸의 계산은 최 회장이 했다. 테이블 매상은 오늘의 톱이었다.

출발은 최 회장이 먼저였다. 그는 길모의 등을 듬직하게 두드린 후에 세단에 올랐다.

"홍 부장!"

최 회장 차가 멀어지자 이 실장이 길모를 불렀다.

"예, 실장님!"

"이거 난감하게 되었군."

"무슨 말씀이신지······."

"실은 내가 홍 부장을 스카웃하려던 참인데 최 회장님이 선수를 치시지 않았나?"

"······?"

"어떤가? 웨이터 일 접고 양지에서 일해 볼 생각 없나?"

이번에는 장호 얼굴까지 굳어졌다. 배웅을 위해 나온 유나와 승아, 더불어 서 부장 얼굴도 굳어버렸다. 길모를 노리는 사람들이 많은 것이다.

"죄송하지만 저는 이 일이 더 좋습니다."

"재주가 아까워서 그러잖나? 최 회장님도 관상 같은 걸 좋아하시니 좋은 자리를 주시겠지만 우리 회사는 매력이 있지 않나?
연예인도 많고 키우는 예비 스타도 많네. 그들과 함께라면 자네
끼도 충족되고 보람도 배가(倍加)되지 않을까 싶네. 좋은 재주
는 큰물에서 키워야지."

"……."

"일단 최 회장님이 선수를 쳤으니 나는 천천히 기다리겠네.
세상에 널린 게 시간 아닌가?"

"장호야, 모셔라!"

길모는 대리기사 대신 장호를 붙여주었다. 이 실장은 창문 안
에서 가볍게 손을 들어 보이고는 카날리아를 떠나갔다. 차가 멀
어진 후에 돌아보니 서 부장만 남아 있었다.

"홍 부장."

"형님, 미안합니다. 일이 이상하게 돌아가서……."

길모는 이 실장의 담당 웨이터가 바뀌게 된 것에 관해 미안함
을 표시했다.

"이 실장님 단골 문제라면 신경 쓸 거 없다. 대신 나한테는 저
쪽 임원들 접대 기회 주신다고 약속하셨고……."

"그래도……."

"그것보다 이 실장님 제의 말이야."

"……?"

"어떻게 생각하나? 내가 볼 때는 에이스 컨택보다 더 큰 사건
같은데."

"스카웃 제의 말입니까?"

"농담은 아닌 거 같더라. 또 그런 농담하실 분도 아니고."

"말씀은 고맙지만 저는 여기 있을 겁니다."

"왜? 넌 아직 젊잖아? 기회 좋을 때 전직하는 것도 좋아."

"그러는 형님은 왜 기업 스카웃에 응하지 않았습니까? 몇 군데 알짜 기업에서 간부로 땡겨 가려고 했다고 들었는데……."

"나하고는 달라. 내 경우에는 간다고 해도 길어야 3년에서 5년이면 이용 가치가 끝나. 단물 다 빠지면 밀려나는 건 기정사실이고."

"……."

"하지만 너는 다르잖아? 관상 실력 때문에 가는 거니까 오히려 나이를 먹을수록 좋지. 그만큼 관록이 붙을 테니까."

"천만에요!"

길모는 빙그레 웃으며 말을 이었다.

"대신 저를 스카웃하신 분들, 머잖아 은퇴하는 나이가 되지요. 그렇게 보면 형님 경우와 다를 바 없습니다. 새 경영자들도 관상을 신봉한다는 보장은 없으니까요."

"너 진짜 많이 변했구나."

"뭐가 말입니까?"

"방금 그 말. 나도 거기까지는 생각하지 못했다."

"들어가시죠. 저는 이 가게에서 웨이터로 성공할 겁니다. 그래서 카날리아도 사고 형님도 넘어서고 싶습니다. 돈 많이 벌면 좋은 일도 하고요."

"밤의 황제가 되겠다?"

"네, 제 룸에서 행운은 더 크게 만들고 불행은 줄여주는… 나아가 밤을 즐기려는 사람들에게는 빛이 되고, 어둠 속에서 고통받는 사람들에게 작은 위로가 되는 웨이터 말입니다."

"전처럼 비실거리지 않고 야심 차니까 보기는 좋구나."

서 부장이 웃었다.

"긴장하세요. 홍길모, 이제 제대로 필 받았거든요."

길모는 또렷한 목소리로 말했다.

출입문을 열고 들어서자 승만이가 1번 룸을 가리켰다.

"왜?"

"들어가 보면 알 거예요."

승만은 길모의 등을 밀었다.

"……?"

문을 열고 들어선 길모는 황당한 풍경에 할 말을 잃었다. 승아와 유나가 거기 있었다. 맥이 다 풀린 채 패잔병 같은 모습으로.

"너희들 왜 이래?"

"……"

유나는 대답하지 않았다. 자욱한 담배 연기만 뿜어낼 뿐. 길모는 유나 손에서 담배를 뺏었다.

"스카웃 때문에?"

사태를 짐작한 길모가 물었다.

"됐어. 잘나가는 오빠가 우리 속을 알아?"

짐작대로 유나의 입에서 볼멘소리가 튀어나왔다.

"승아 너도냐?"

[네…….]

승아의 손가락도 맥없이 움직였다.

"나 참……."

어이가 없었다. 정작 본인은 아무 생각도 없는데 옆 사람들의 지레짐작 행동이라니.

"그 찌질한 울상 털어버리고 빨리 일어나. 나 아무 데도 안 가니까."

"그걸 누가 믿어? 몽몽 코스모틱하고 에뜨왈이 보통 기업이야? 게다가 과장이나 부장 대우인데 나라도 당장 가겠다."

"미안하지만 나는 유나 네가 아니거든."

"몰라. 차라리 빨리 가버려. 우리야 어떻게 되겠지!"

유나의 목청이 불규칙하게 올라갔다.

"너희들 진짜 인간 홍길모를 그렇게밖에 안 보냐?"

길모, 목소리에 힘이 들어갔다.

"됐어. 갈 사람은 가야지. 사실 오빠가 이제 보통 사람이야? 웨이터로 썩을 실력 아니잖아?"

유나는 결국 테이블에 얼굴을 묻었다.

"아, 진짜… 얘들이 왜 이래? 나 안 가. 카날리아에서 돈 팡팡 벌어서 이 가게 내 걸로 만들고 새로 영입하는 애들이랑 너희들, 그리고 장호까지 보란 듯이 가게 하나씩 차려줄 거라고!"

"정말?"

표정이 종잇짝처럼 구겨졌던 유나가 겨우 반응을 보였다.

"그래. 각서라도 쓰라면 쓴다. 그러니까 너희들도 이럴 시간에 가꾸고 투자하란 말이야. 시간나면 담배나 빨고 고스톱이나 치지 말고."

소리치는 사이에 기척이 느껴졌다. 돌아보니 장호였다.

[애들이 또 속 썩여요?]

장호가 수화를 날렸다.

"아니, 오늘 내 관상 실력에 감격했단다."

[그나저나 형, 진짜 스카웃 거절할 거죠?]

"이제 너까지냐?"

길모는 장호 머리를 쥐어박았다.

[아, 그 스카웃 나한테 들어왔으면 넙죽 받았을 텐데… 사람들이 인물을 못 알아본다니까.]

"알았으니까 테이블이나 치우세요. 인물 보조 씨!"

길모는 장호의 등을 밀었다.

"야, 홍 부장!"

한바탕 해프닝을 뒤로 하고 복도로 나오자 이 부장이 길모를 불렀다.

"왜 그러시죠?"

"너 그 말 사실이냐?"

"무슨?"

"에뜨왈 이 실장님이 간부로 스카웃 제시했다는 거?"

좁은 카날리아, 소문은 빨랐다.

"그냥 술자리에서 농담 삼아 나온 말입니다."

길모는 대수롭지 않게 받아쳤다.

"술김이 아니라던데? 영운이도 들었고."

나영운, 이 부장의 보조 웨이터다. 아마 손님 차 트렁크에 심부름을 나오면서 들은 모양이었다.

"진짜 농담이라니까요."

"갈 거냐?"

"안 갑니다."

"그럼 나랑 얘기 좀 하자."

이 부장은 길모를 주류창고 쪽으로 당겼다.

"저 예약 손님 오실 건데……."

"나도 룸 체크할 시간이야. 잠깐이면 돼."

이 부장이 창고의 문을 닫았다. 무슨 얘기를 하려는 걸까? 길모가 고개를 들자 이 부장은 얍쌀한 미소를 머금으며 말을 이었다.

"이제 이 실장님 네가 인계받았다며?"

"인계는요. 이 실장님이 무슨 외상 장부예요?"

"나도 다 들었어. 맞지?"

"뭐 어쩌다 보니……."

"언제 또 오신다냐?"

"딱히 약속은 없으셨습니다……."

"나 부탁 하나 하자."

"형님이 나한테요?"

"장난 아니다. 너 좀 잘나간다고 튕기냐?"

"그럴 리가요. 말해보시죠."

"내가 새로 땡겨온 아란이 있지? 다음에 오시면 걔 좀 쑤셔넣어 줘라."

"아가씨를요?"

"담당 웨이터 교체했으니 아가씨도 바꿀 거 아니야? 너는 민선아 정도 되는 에이스 없으니까 서로 좋은 일이잖아?"

이 부장, 속이 빤히 보였다. 잠깐의 공백기를 틈타 이 실장에게 지명을 붙이려는 의도였다. 하지만 그는 중요한 걸 모르고 있었다. 바로 길모가 새 에이스를 땡기는 작업에 박차를 가하고 있다는 사실.

"죄송하지만 그건 좀 힘들 거 같습니다."

"힘들어? 왜? 민선아 끼고 계시던 분이 승아나 유나로 될 거 같냐?"

"당연히 되죠."

길모는 주저 없이 대답했다.

"야, 홍 부장!"

이 부장이 목소리를 높였다. 어림도 없다는 의미였다.

"물론 승아하고 유나가 민선아의 비주얼과 사이즈에 못 미치는 건 압니다. 하지만 1번 룸에서는 얘기가 다릅니다."

"뭐가 다른데?"

"거기는 관상룸이거든요. 그 안의 규칙은 제가 통제합니다."

"......?"

"그리고……."

길모는 반듯한 시선을 들어, 묵직한 저음으로 뒷말을 이었다.

"저도 사이즈 끝내주는 에이스 데려올 겁니다. 그것도 곧!"

"……!"

이 부장의 눈이 석고처럼 굳어버리는 게 보였다. 이전 같으면 비웃고 말았을 이 부장. 하지만 지금 그 앞에 서 있는 길모는 쉽게 넘길 길모가 아니었다.

"그럼 좀 비켜주시겠습니까?"

길모는 정중하게 말했다. 이 부장은 그 말에 압도되어 몸을 비켜주었다. 길모는 휘파람을 불며 주류창고를 나왔다.

'잔머리하곤…….'

좋게 보면 발 빠른 대처. 딱히 비난할 일은 아니었다. 물장사에서는 눈치가 빨라야 먹고 산다. 그건 절대적이다. 하지만 이 부장의 눈치는 실패였다. 길모의 변화를 감지한 건 맞지만 정확하지 않았기 때문이었다.

"헤이! 이리 컴."

대기실을 지날 때 방 사장이 사무실 문을 열고 길모를 불렀다. 길모가 들어서자 그는 길모를 뚫어져라 바라보았다.

"왜요? 제 얼굴에 뭐 묻었습니까?"

"아니, 기특해서."

"아, 사람 무안하게……."

"대기업에서 모셔가려고 한다며?"

그놈의 소문, 어느새 방 사장의 귀에도 들어가 버렸다.

"나한테는 솔직히 말해라. 그래야 대책을 세우잖냐?"

"저 아무 데도 안 갑니다. 여기서 돈 벌어서 이 가게 사버릴 거거든요."

"그럼 여기다 사인해라."

방 사장이 새 계약서를 내밀었다.

"얼마 전에 썼는데 또 왜요?"

"옵션을 바꿨다. 그때는 6 대 4였는데 이제 5 대 5야. 대기업에서도 채가려는 놈을 박대할 수는 없잖냐?"

방 사장은 누런 이빨을 드러낸 채 씨익 웃었다.

길모도 대문니를 드러낸 채 똑 같이 웃어주었다. 스카웃 제의, 거절해 버렸지만 엉뚱한 곳에서 득이 되고 있었다.

제5장

관상왕의 실수

느닷없이 들이닥친 손님이 길모의 멱살을 잡았다. 옆에는 험상 궂은 떡대가 두 명이나 붙어 있었다.

"이 새끼, 남의 가정을 망쳐?"

손님은 길모를 패대기쳤다.

"왜, 왜 이러십니까?"

길모는 반사적으로 일어나 몸을 사렸다.

"너 이 새끼야. 나 누군 줄 알아?"

"기억나지 않습니다만."

"이 새끼야. 내가 바로 오은희 남편이야."

'오은희?'

"이 자식아. 놀러온 남의 마누라를 제비한테 부킹시켜 줘서 몸

버리고 돈 뜯기게 해놓고 어디서 오리발이야!"

손님의 주먹이 길모의 정수리에 제대로 맞았다. 그대로 쓰러지려는 순간, 떡대 하나가 깨진 맥주병을 휘둘렀다.

'옷!'

놀란 길모가 벌떡 일어섰다.

꿈이었다.

"후우!"

길모는 안도의 숨을 쉬었다. 오래전 나이트클럽 웨이터를 할 때 겪었던 악몽 중의 하나가 꿈으로 나타난 것이다. 전화기를 당겨 체크를 했다. 몇 가지 광고 문자가 와 있을 뿐 특별한 건 없었다.

'나이트클럽……'

가만히 옛날을 생각했다. 밤이 되면 몰려드는 군상들. 여자들은 분위기를 즐기러 오고 남자들은 그런 여자들을 낚으러 왔다.

여자들은 그 안에서 해방을 꿈꾸고 남자들은 나이트 밖에서의 해방을 꿈꿨다. 남자들이 꿈꾸는 밤과 여자들의 밤은 아주 달랐다. 여자는 몰라도 남자는 백이면 백, 오직 한 가지 꿈을 꾸고 있다.

원 나잇 스탠드.

언제부턴가 낯선 사람과의 하룻밤의 대명사가 된 말. 웨이터들은 그걸 노리고 부지런히 여자들을 데려다준다. 아주 드물게 우아한 척 꼴값을 떠는 여자도 있지만 절대 다수는 웨이터의 손을 거절하지 않았다.

술 한 잔 건넨 남자들은 소위 썰을 풀기 시작한다. 룸싸롱 말로 슈킹에 뻐꾸기를 날리는 것이다. 반반한 여자가 뜨면 수컷들의 시선이 집중된다. 하지만 대개 그런 여자들은 웨이터들이 관리(?)하는 여자들. 손님의 구미에 맞추는 것이다.

재미난 건 마지막 승리자의 모습이다. 참고로 여자들은 키 큰 남자를 좋아한다. 깔끔하게 차려입은 사람을 좋아한다. 작은 키에 쓰레빠 끌고 아무 옷이나 입고 왔다면 기대는 접는 게 좋다. 그녀들도 역시 일상에 질려서 온 사람들. 그녀들이 꿈꾸는 왕자를 만나고 싶은 것이다.

마지막 승리자는 소위 자음 지읒, 모음 오, 자음 지읒에 밥 자를 더한 소위 껄떡쇠들이다. 사실 웨이터들이 보기에도 영 아니다. 이 테이블 저 테이블 건들거리고 돌아다니며 맥주를 따라대는 남자들.

그런데 막상 여자를 데리고 나가는 사람들 중에는 그런 남자들이 많았다.

그러고 보면 역시 발품이 최고. 폼 잡고 앉아 있는 사람보다 노력한 사람에게 여자가 돌아가니(?) 나이트클럽은 정의가 살아 있는 곳이다.

길모는 물을 마셨다. 의식은 무섭다. 그때 개고생을 한 길모. 그 어렵던 기억이 이따금 현실로 튀어나오고 있었다.

옥상으로 나와 하늘을 보았다. 흐린 날이다. 두어 번 몸을 푼 길모는 계단을 내려가 연립 뒤로 돌았다. 그런 다음에 벽을 잡고 클라이밍을 했다. 연립 뒷벽은 그럭저럭 좋은 연습 장소였다. 그 뒤쪽도 연립이라 보는 사람도 없었다.

길모의 한 손이 옥상의 마침내 난간을 잡았다. 언제 나왔는지 장호가 불쑥 생수를 내밀었다.

"일어났냐?"

[깨우지 그랬어요?]

"뭐 하러? 잠이라도 푹 자야지."

길모는 물을 맛나게 들이켰다.

[형도 그래요?]

"뭐가?"

[전에는 자도 자도 피곤했는데 요즘은 조금만 자도 안 피곤하거든요.]

"너도?"

[그렇죠? 형도 그렇죠?]

"그래. 이상하지?"

[기분 때문인 거 같아요. 전에는 내일이 깜깜했는데 지금은 오히려 기대가 되잖아요. 오늘은 어떤 손님이 올까? 매상은 얼마나 오를까?]

"그만 오버하시고 가서 물이나 올리시죠?"

[오늘은 밥 시켜 먹어요. 나 어제 팁 좀 땡겼거든요.]

"또 승아하고 유나 선물 살 거냐?"

[으악, 그건 또 어떻게 알았대?]

"귀신을 속여라."

[쳇, 형 선물 없다고 삐친 거죠?]

"됐으니까 밥이나 시키자. 너 마음 변하기 전에."

[알았어요.]

장호가 쏜 건 된장찌개였다. 남들은 웃을지 모르지만 길모와 장호는 달랐다. 둘 다 하늘 아래 홀몸으로 사는 숫총각들. 그럼 에도 불구하고 한국인의 유전자는 이따금 김치 신호를 보냈다. 된장 신호를 보냈다.

[된장 맛 죽이죠?]

"그래. 먹다가 죽겠다."

[형, 우리도 이제 아침 대놓고 먹는 거 어때요?]

"응?"

[만복 약국 건물 뒤에 24시간 해장국 있잖아요. 거기 된장찌 개도 있어요.]

"그럴까?"

[네. 형도 이제 옥체를 보존해야죠. 자그마치 대기업에서도 탐내는 관상박사신데…….]

"그 얘긴 그만하자."

[내가 저녁에 가서 쇼부 볼게요. 한 달 대놓고 먹을 테니까 깎 아달라고.]

"좋다. 먹는 게 남는 거니까."

길모가 수락할 때 전화가 울렸다.

'채혜수?'

발신자에 반가운 이름이 떴다. 길모는 큰 목청을 가다듬은 후에 전화를 받았다.

"여보세요?"

—에뜨왈 채혜수예요.

"말해."

—점심시간에 걔 만났어요.

"누구? 서홍연?"

—시키는 대로 떡밥은 던져 놨으니까 잘되든 안 되든 내 탓하지 마세요.

"뭐래?"

—생각 없다는 거 겨우 설득해 놨어요.

"그럼 당장 불러."

—지금요?

"그래. 쇠뿔도 단김에 뽑아야지."

—알았어요. 그럼 저녁때 시간 돼요?

"당연하지. 가게 문 열기 전에 만나야 하니까 여섯 시에 만나자고."

—서홍연은 저녁때 친구 만나러 S대 간다고 하던데……

"그럼 그 근처에서 만나자고 해. 오래 걸릴 일도 아니니까."

—알았어요.

혜수는 그 말을 남기고 전화를 끊었다.

[뭐래요? 뺑소니 아가씨도 우리 가게로 온대요?]

"잘하면!"

길모는 서둘러 숟가락을 놓았다.

[오토바이 준비해요?]

"오케이!"

길모는 마음이 급했다. 어렵게 잡은 기회. 마음은 벌써 S대로 달려가고 있었다.

바당바당!

오토바이의 엔진이 몸살을 앓는 소리를 들으며 길모는 헬멧을 집어 들었다. 또 하나의 에이스 영입에 청신호가 들어온 날. 마음은 여느 때보다 가벼웠다.

하지만!

계단참에서 길모는 고개를 갸웃했다. 어쩐지 뭔가 중요한 걸 빼먹은 기분이었다. 일단 주머니를 더듬었다. 지갑은 얌전히 있었다. 핸드폰도 손에 들려 있다. 그러니까 전투준비에는 문제가 없는 셈이었다.

'뭐지?'

길모는 찜찜한 기분을 뒤로 하고 오토바이에 올랐다.

"또 만났네?"

S대 앞의 커피전문점. 장호를 오토바이에 남겨놓고 들어선 길모가 홍연에게 손을 내밀었다. 그 앞에는 혜수가 자리 잡고 있었다.

"악수는 됐어요."

홍연은 마뜩찮은 표정이었다. 길모는 이해했다. 아무리 수입이 좋다고 해도 텐프로는 술집. 제대로 노는 날라리가 아닌 다음에야 그걸 직업으로 생각할 여자는 많지 않았다.

"혜수 언니한테 말 들었어요. 내가 무슨 유흥가에서 성공할 관상이라고요?"

홍연의 말투에는 여전히 가시가 가득했다.

"기분 나쁘다면 미안. 난 그저 관상에 보이는 대로……."

"아저씨가 그렇게 관상을 잘 봐요?"

"아저씨 아니거든. 그리고 몇 가지 맛을 보여줬잖아?"

길모는 경찰서에서 맛보기로 보여준 걸 상기시켰다.

"그거 사긴 줄 어떻게 알아요?"

"관상 사기도 있나?"

길모는 엷은 미소로 받아쳤다.

"여기 혜수 언니도 아저씨한테 간다던데 사실이에요?"

"응!"

"정말이네?"

홍연이 미간을 구기며 중얼거렸다.

"내 관상이 구라 같으면 몇 개 더 맞춰볼까?"

"좋아요."

홍연은 당돌하게 내쏘며 커피를 집어 들었다.

"오디션… 에뜨왈이 처음이 아니지? 적어도 네 번은 떨어졌을 거 같은데?"

"어머!"

길모의 말에 놀란 홍연이 움찔거리자 손에 든 커피가 넘쳐흘렀다.

"상금 타면 아버지 주려는 거고."

"……?"

"하지만 그쪽은 홍연이 인연이 아니야. 번지수가 틀렸어."

"아저씨, 설마 내 뒷조사한 거 아니죠?"

발끈한 홍연이 벌떡 일어서며 소리쳤다.

"관상에 다 나오는데 웬 뒷조사?"

길모는 여유 있게 대답했다. 사실이 그랬으므로.

"됐어요. 칠전팔기 몰라요?"

"실은 말이야……."

침묵하던 채혜수가 천천히 입을 열었다.

"나도 홍연 씨 심정 알아. 나도 그랬거든. 아니, 누구라도 그
럴 거야. 난데없이 나타나서 넌 유흥가에서 성공할 상이다, 그
러면 거부감에 의심에 기분도 상하고……."

"그렇죠? 그렇죠? 언니!"

"그런데 곰곰 생각해 보니 꼭 나쁜 것만은 아닌 거 같았어. 아
까도 말했지만 나도 에뜨왈의 비정규직 직원이야. 화려한 스타
들 만나며 사니 남 보기엔 좋아 보이지만 연봉도 생각보다 많지
않고……."

"언니……."

"중요한 건 홍연 씨 마음이야. 그런데 한 가지는 명쾌해. 홍
부장님 관상 실력은 우리 이 실장님도 보증한다는 거."

"이 실장님이면 에뜨왈 실세로 불리는 이사님요?"

"그래. 홍연 씨 오디션에 응모했을 때 심사 위원장이셨으니

까 봤지? 그분도 홍 부장님 관상 실력에 반해서 부장급으로 스카웃하려고 할 정도야."

이 실장, 혜수에게도 귀띔을 한 모양이었다.

"정말요?"

"그리고 이건 비하인드 스토리인데 이번에 새로 나오는 몽몽 화장품 광고 봤어?"

"그럼요. 인기 절정 송주하가 여신처럼 나오잖아요."

스타 이야기가 나오자 홍연의 얼굴에 생기가 돌기 시작했다.

"그 광고 대박치게 한 사람도 바로 홍 부장님이야."

"네?"

"원래 광고주는 이지유를 밀었거든."

"어머, 그 여자는 마약 복용으로 걸려서 끝장났잖아요?"

"그걸 홍 부장님이 관상을 보고 알아내서 막아줬거든. 만약 몽몽 화장품 광고 모델이 이지유였다면 어떻게 됐을까?"

"……?"

홍연의 숨 닫히는 소리가 들렸다. 그만큼 놀랐다는 뜻이었다.

"그리고 이번엔 홍연 씨 비하인드 스토리."

"저요?"

"이번 오디션 점수 알고 싶다고 했었지?"

"네!"

"800점 만점에 몇 점이나 받은 거 같아?"

혜수가 홍연을 바라보았다.

"그래도 한 650점?"

"미안하지만 자기 점수는 320점이야."

"네에?"

"자, 원래는 대외비지만 나도 그만둘 사람이고 홍연 씨랑 같이 일하게 될지도 몰라서 빼왔어."

혜수가 종이 한 장을 내밀었다. 그걸 받아는 홍연의 낯빛이 썩은 우유 빛깔로 변해갔다.

"내 점수가… 고작……."

홍연은 말을 제대로 잇지 못했다. 파르르 떨리는 손. 큰 충격이 분명했다.

"사실 내가 봐도 홍연 씨는 연예계 쪽으로는 좀 약해. 비주얼이 귀엽긴 하지만 지금 뜨는 대세는 아니고 몸매도 괜찮긴 한데 어중간하잖아?"

"……."

"잘 생각해 봐. 홍 부장님은 이 실장님 신뢰를 받고 있어. 어쩌면 홍연 씨에게 기회일 수도 있지. 이 실장님이나 연예계 큰손들이 손님으로 오면 잘 보일 수도 있고."

"어머!"

고개를 떨구고 있던 홍연이 퍼뜩 얼굴을 들었다.

"이것도 대외비인데 가끔은 나이트클럽이나 텐프로에서 캐스팅되는 친구들도 있어. 나도 두어 명 봤는걸."

"진짜죠?"

"응, 좋게 보면 돈도 벌고 기회도 얻는 거 아니야?"

혜수, 그쯤에서 승부수를 날렸다.

"하지만 룸싸롱 가면 2차도 가야 한다고 그러고⋯⋯."

"NO! 그런 건 다 옛날 얘기야. 지금은 하드 풀방이나 즉빵집, 북창동식 룸만 아니면 2차는 아가씨 마음이야. 절대 강요하지 않아."

지켜보던 길모가 나섰다.

"진짜 월수 2천만 원도 가능해요?"

"점진적으로 3천까지는 보장해 주지."

"가불도 몇 억씩 땡겨줘요?"

"얼마가 필요한데?"

"아빠 인테리어 긴급 자재 구입비 2억 원⋯ 공사 맡은 게 불이 나서 꼼짝없이 새로 해줘야 신용을 유지할 수 있다네요."

"가능해."

"좋아요. 혜수 언니가 가면 나도 할게요. 대신 2차는 절대 없어요."

나도 할게요. 나도 할게요⋯⋯.

홍연의 마지막 말이 길모의 귓전에서 춤을 췄다. 흥분한 길모 두 손으로 테이블을 내려쳤다.

"빙고!"

길모는 홍연의 손을 잡았다. 혜수도 그 위에 손을 포갰다.

좌 혜수.

우 홍연.

길모의 두 날개, 뉴 페이스 에이스가 탄생하는 순간이었다.

"고마워."

홍연을 보낸 후에 길모가 혜수에게 말했다. 홍연을 스카웃하는 데 있어 일등공신은 그녀였던 것이다.

"됐어요. 기왕 팀이 되려면 화끈하게 협조해야죠."

"이 실장님이 놀라겠는데? 정작 오라는 나는 안 가고 내가 혜수 씨를 빼오는 꼴이니……."

"실은 그것 때문에 부장님을 더 믿게 된 거예요."

"무슨?"

"우리 실장님 제의 말이에요. 그걸 거절할 정도면 나름 비전이 있다는 반증이잖아요."

"하핫, 그런가?"

"그런데 그건 알아두세요. 홍연이… 성적 그렇게 나쁘지 않았어요. 거의 합격권이었거든요."

"……."

"그러니까 대우 잘해주시라고요. 저도 물론이지만."

혜수는 그 말을 남기고 차에 올랐다.

*　　　*　　　*

[형? 성공?]

오토바이에 앉은 장호가 물었다.

"그래. 이제 우리도 천하무적이다."

길모의 목소리에서 힘이 넘쳤다.

[그럼 저녁이라도 먹여서 보내야 했던 거 아닌가요?]

"얌마, 우리 출근해야 하는데 무슨 저녁?"

[잠깐 기다려요. 기다리느라 목 칼칼하니까 음료수 한 병 사 먹고 출발하자고요. 형은 만복약국표 그 음료수?]

"그래. 류 약사가 주는 그……?"

거기까지 말하던 길모는 머리를 뚫고 가는 아찔함을 느꼈다.

'우워어!'

[왜 그래요?]

장호가 물었지만 길모는 시계를 바라보며 벌벌 떨었다.

만복약국.

류 약사.

그제야 아까부터 허전하던 무엇의 정체를 알게 되었다. 그랬다. 저녁 약속이 있었던 것이다. 그것도 자그마치 류 약사와. 에이스 영입에 정신이 팔려 까마득히 잊고 있던 약속.

시간은 벌써 6시 50분. 약속 시간은 50분이나 살포시 지나고 계셨다.

끼아악!

장호의 오토바이가 만복약국 앞에서 급정거를 했다. 미사일보다 빨리 달려왔지만 그렇다고 시간이 거꾸로 갈 리는 없었다.

'없다.'

약국 안에 류 약사는 보이지 않았다.

딸랑!

조바심이 바짝바짝 타들어갈 때 뒤에서 방울 소리가 들렸다.

"야, 지금 방울 울릴 때?"

짜증스럽게 돌아보던 길모는 숨을 멈추고 말았다. 거기 류 약사가 서 있었다. 가운을 벗어던지고 사복을 입은 모습. 그 뒤로 약속했던 음식점이 보였다. 그러니까 류설화, 길모를 한 시간이나 기다리다가 나온 모양이었다.

"류, 류 약사님!"

길모가 송구한 마음에 입을 열었지만 류 약사는 투명인간처럼 길모 곁을 지나갔다. 그리고 그녀의 아지트인 약국으로 들어갔다.

"……"

[존나 화났나 봐요.]

"……"

[아, 진짜… 형도 잊어버릴 게 따로 있지.]

"……"

[어떻게 좀 해봐요. 그런 건 관상으로 안 돼요?]

"……"

[답답해 죽겠네.]

장호가 가슴을 칠 때 길모는 한숨을 쉬었다. 땅을 뚫고 지구 반대편까지도 갈 정도로 큰 한숨.

정말이지 미치고 환장할 거 같았다. 에이스 영입에 정신이 팔려 까맣게 잊고 있었던 류 약사와의 약속. 이제 어쩐단 말인가? 술집 웨이터로도 모자라 실없는 인간까지 될 판이었다.

'들어가서 확 무릎이라도 꿇어?'

아니지. 길모는 바로 고개를 저었다. 그건 보자마자 거부감을
줄 일이었다.

'장미꽃?'

그건 더욱 아니었다. 사귀는 사이도 아닌데 웬 꽃?

그렇다고 그냥 후퇴하는 것도 도리가 아니었다.

[형!]

장호가 재촉하는 사이에 길모는 약국으로 성큼 발걸음을 옮
겼다. 이렇게 된 바에야 정공법밖에 방법이 없었다.

"⋯⋯."

길모는 복약지도를 받는 손님이 물러날 때까지 기다렸다.

"음료수 드려요?"

중국 동포 아줌마가 물었지만 대답하지 않았다.

"⋯⋯."

류 약사 쪽에 사람이 없는 틈을 타서 다가섰다. 류 약사는 입
을 열지 않았다.

"죄송합니다."

길모가 말했다.

"⋯⋯."

"아시다시피 제가 카날리아에서 매상 꼴찌 웨이터입니다."

"⋯⋯."

"그런데 마침 참한 여직원이 일할 의사가 있다길래 계약하러
다녀오느라 늦었습니다."

"⋯⋯."

"하루 종일 약속을 기다렸는데… 깜빡 일에 눈이 멀어서…
다 제가 지은 죄니 사과드리고 남겨놓은 관상 이야기 말씀드리
겠습니다. 어쨌든 류 약사님에게는 중요한 얘기라서…….."

"됐어요."

류 약사가 길모의 말을 막았다.

"류 약사님… 중요한 이야기입니다."

"그래서요? 계약은 성공했어요?"

"네!"

"다행이네요."

"……."

"그럼 내일은 시간이 되겠네요."

"네?"

"중요한 얘기라면서 이렇게 어수선하게 들을 수는 없잖아요?"

"아자, 아자, 아자!"

1번 룸으로 들어온 길모는 두 주먹을 불끈 쥐고 부르르 떨었
다. 꿈인가 생신가 싶었다. 완전히 끝장이고 생각했는데 그게
아니었던 것이다.

[아, 진짜… 눈 뜨고 못 봐주겠네. 그렇게 좋아요?]

"얌마, 넌 이 심정 모를 거다."

[모르긴 뭘 몰라요? 누군 뭐 여친 안 사귀어본 줄 아나?]

"그냥 여친하고 같냐?"

[그런 여자인데 약속을 잊어요?]

"야, 너도 내 나이 되어봐라. 게다가 두 에이스를 만나는 판인데……."

[류 약사님이 순순히 용서해 준 거예요?]

"아니!"

[그럼요?]

"계약 성공했다니까 봐준다더라. 성공도 못 할 계약에 나가느라고 자기 바람맞췄으면 용서 안 했을 거라네."

[흐미, 많이 배운 사람들은 용서도 열라 어렵게 하네.]

"아무튼 오늘 일진 대박이다. 이제 우리 박스도 절대 안 꿀려."

[형!]

"왜?"

[나도 좋긴 한데 서홍연이 마이낑 2억이나 요구한다면서요?]

"그래. 왜?"

[2억 있어요?]

"……?"

장호가 현실을 일깨워 주었다. 길모는 얼른 통장을 열었다. 박길제가 주고 간 1억과 그동안 받은 복채들… 다 합쳐도 1억 4천이 되지 않았다.

[노 변호사님에게 연락하세요. 좀 꿔달라고.]

"노 변호사?"

[형이 기부금 많이 보냈잖아요.]

"그건 안 돼."

길모는 단칼에 거부했다. 우리 말에 쥤다가 뺏으면 똥꼬에 털

난다는 말이 있다. 다른 일도 아니고 불우한 빈민을 구하라고
보낸 돈을 다시 빌려달라는 건 안 될 말이었다.

[그럼 어쩌려고요?]

"걱정 마라. 그래봤자 꼴랑 6천 모자라는 거 아니냐?"

[아, 6천이 애들 이름이에요? 게다가 애들 성형도 시킨다면서
요?]

"돌고 돌아서 돈이라는데 어떻게 안 되겠냐? 방법이 있겠지."

길모, 어렵게 구한 홍연을 놓치고 싶지 않았다.

장호가 나간 후에 길모는 명함을 하나씩 넘겼다. 길모의 손이
멈춘 건 방 사장 명함이었다. 그러고 보니 길은 가까이 있었다.
길모는 일단 성형의사 김석중에게 초대 전화를 걸었다.

김석중.

이번에는 도시락으로 카날리아를 방문했다. 비가 쏟아지는
지 손에 든 우산에서 물이 줄줄 쏟아지고 있었다. 도시락이란
외부에서 여자를 데리고 오거나 혹은 연인들이 오는 걸 말한다.
도시락 싸왔으니 아가씨 지명은 안 하는 경우가 많았다. 김석중
도 마찬가지였다.

상관없었다.

오늘 길모가 김석중을 초대한 건 진짜 비즈니스 때문이지 매
상이 아니기 때문이었다. 길모는 발렌 30으로 세팅을 해주었다.
사실 발렌 30과 로얄살루트 38이 가장 무난한 세팅이다. 그 정
도 술이면 대개 사는 사람도 꿀리지 않고 얻어먹는 사람도 대접

받는다고 생각한다.

물론 취향이 있다. 온리 시바스 리갈 21년을 예찬하는 사람도 있으니까. 술에는 그 사람만의 역사와 추억이 서려 있기 때문이다.

30년산 위스키!

따지고 보면 굉장한 '작품'이다.

30년산이 비싼 건 술의 제조 과정 때문이다. 오크통 속에서 술은 날마다 훨훨 날아간다. 증발이 되는 것이다. 이를 두고 천사가 마신다고 천사의 눈물이라고 하는데 30년쯤 되면 손실량이 엄청나다. 그래서 30년산 이상이면 가격이 확 뛰어 오른다.

그럼 브랜디, 혹은 꼬냑으로 불리는 녀석은 어떨까? 이 둘은 따로, 혹은 같이 쓰이기도 하지만 꼬냑은 주로 프랑스에서 만든 것을 지칭할 때가 많다. 이 술은 숙성 년도를 별 혹은 VOSP, XO, Extra로 표기한다. 별 셋은 3년 이상, VOSP는 5년 이상, XO는 25에서 30년, Extra는 50년 이상으로 보면 된다.

그러니까 꼬냑 XO나 Extra급이면 훌쩍 좋은 술에 속한다.

복도를 걸을 때 대기실에서 안선아와 채은서가 나왔다. 환한 빛이 다가오는 것 같다. 그녀들은 길모에게 가벼운 눈인사를 던지고 7번 룸으로 들어갔다.

"홍 부장님!"

잠깐 뒤에 윤미가 대기실에서 빠꼼 고개를 내밀었다.

"왜?"

길모는 윤미와 수애에게 납치(?)되어 대기실로 끌려 들어갔다.

"이거 좀 먹고 가요."

윤미가 피자를 내밀었다. 또 내기를 한 모양이다. 길모는 윤미가 내미는 제일 비싼 피자 한 조각을 물었다. 손님이 없을 때 아가씨들은 주로 화투를 친다. 고스톱도 하고 짓고땡도 한다. 처음에는 심심풀이로 하지만 장난 아니다. 손님이 많지 않은 날은 판돈이 커져 하루 수십만 원씩 잃는 경우도 생긴다. 아무튼!

기분은 나쁘지 않았다. 요즘 들어 아가씨들의 태도가 확 달라지고 있었다. 허접 홍 부장이 아니라 잘 보여야 하는 홍 부장으로 변한 것이다. 초이스나 끼워 넣기 때문이었다.

에이스들이야 그런 걱정을 할 필요가 없다. 나란히 서서 초이스를 받는다면 승부는 대개 그녀들 쪽으로 기울었다. 하지만 끼워 넣기나 깍두기, 단골에게 아가씨 붙이기는 웨이터의 재량에 달렸다. 그러니 슬슬 파워가 붙는 길모의 위상이 높아지는 것도 이상하지 않았다.

더 만족스러운 건 대기실에서 받는 승아와 유나의 대우였다. 진상 처리를 도맡던 그녀들. 그때는 카날리아 아가씨가 아니라 서자 취급을 받았다. 뭐든 귀찮고 허접한 일은 그녀들 차지였던 것. 그런데 지금은 변했다. 아가씨들 뒤치다꺼리나 심부름이 아니라, 승아와 유나도 동등한 대우를 받는 것이다.

"큼큼!"

피자를 삼킨 길모는 사무실 앞에서 목청을 가다듬었다. 그런 다음, 거침없이 문을 열어젖혔다.

"왜?"

결산을 보고 있던 방 사장. 길모를 쳐다보지도 않고 물었다.

"협조 요청 좀 드리러 왔습니다."

"또 초고가 술 찾는 손님 오셨냐?"

방 사장이 귀를 쫑긋 세우며 고개를 들었다.

"그게 아니고 투자 자금 좀 내시라고요."

"투자?"

방 사장은 길모를 똑바로 바라보았다.

"제가 에이스를 구했거든요. 에이스 구하면 일부 밀어주신다고 하지 않았습니까?"

"그래? 어디 있는데?"

"여기요."

길모는 준비한 화면을 내밀었다. 첫 화면은 혜수였다.

"오, 독특한데?"

방 사장의 입이 벌어졌다. 물장수로 잔뼈가 굵은 그가 반응한다면 나쁜 케이스가 아니었다.

"관상보는 웨이터랑 잘 어울리는 콘셉트 맞죠?"

"그래. 얘 이거 잘 가꾸고 입히면 손님 좀 홀리겠다. 어디서 잡았냐?"

"대기업 다니는 거 채왔습니다."

"대, 대기업?"

방 사장이 말을 더듬었다.

"뭐 전에도 강남에 그런 아가씨들 있었다면서요? 은행원도 있었고……."

"그, 그렇긴 하다만 우리 가게에서는 처음이라……."

"에뜨왈 여직원입니다. 일단 계약서도 작성했고요."

"에뜨왈이면 이 실장?"

방 사장의 입이 한 번 더 벌어졌다.

"예, 그분을 가까이서 모시던 여직원입니다."

"이 실장도 알고?"

"아직은 모를 겁니다."

"야, 그러면 부작용 생기는 거 아니냐? 자기 여직원 빼갔다고?"

"그렇지는 않을 겁니다."

"얼마 필요하대?"

방 사장은 화면을 쏘아본 후에 다시 물었다.

"한 장 투자하세요."

"1억?"

"네!"

"많아!"

방 사장이 고개를 저었다. 그는 아가씨를 철저히 상품으로만 판단한다.

"적습니다."

길모는 기다렸다는 듯이 응수했다.

"뭐야?"

"화면 밀어보시죠. 뒤에 또 한 명 있습니다."

길모의 말을 들은 방 사장의 손가락이 움직였다. 그러자 홍연의 사진이 나왔다.

"오, 이 친구는 완전 반대네?"

"둘이 합쳐서 한 장입니다. 문제없겠죠?"

"마이낑 권한은 내가 갖고?"

"그럼 투자가 아니지요. 절반은 투자하시고 나머지 절반은
매상 옵션으로 갔으면 합니다."

"매상 옵션?"

"다음 달부터 제가 카날리아 매상 톱 책임지겠습니다."

"……?"

방 사장의 눈이 휘둥그레졌다. 홍길모, 지금 3대 천황을 넘겠
다는 선언을 한 것이다.

"야, 매상 톱이 장난인 줄 아냐? 네 손님들 퀄리티가 높긴 하
지만 서 부장, 강 부장, 이 부장 이 친구들, 이 바닥에서 내놓으
라 하는 사람들이야."

"알고 있습니다."

"그런데 그런 말을 해?"

"일단 한 달 동안 적응기를 거친 후에 그 다음 달부터 연속 세
달을 넘어드리죠. 그렇지 못 하면 1억을 제가 가불로 떠안겠습
니다."

"……?"

길모는 비장하다 못해 단호했다.

"내가 세 천황에게 네 도전을 공개해도?"

"상관없습니다."

"야, 홍길모. 그 친구들이 작심하고 손님 부르면 어떻게 되는 줄 알고 그래?"

"알고 있습니다."

길모는 흔들리지 않았다.

방 사장의 말은 협박이 아니었다. 예컨대 매상 경쟁이 붙는다면? 어느 한 달 동안이라면 3대 천황들은 자신의 모든 인맥을 동원할 수 있다. 그건 길모에게 절대적으로 불리한 일이었다.

"아, 이놈 진짜……."

"대신 보너스 옵션 하나 달아주시면 고맙지요."

길모가 웃으며 방 사장을 바라보았다.

"보너스 옵션?"

"제가 세 달 연속 1등 하면 서 부장님 비율로 맞춰주세요."

"……?"

방 사장의 입이 쩌억 벌어졌다. 서 부장 비율이라면 주객전도를 뜻하는 것이다.

매상 대비 비율로 돈을 받는 게 아니라 거꾸로 길모 박스의 매출액 대비로 방 사장에게 돈을 주겠다는 것. 서 부장의 경우에는 25~30%를 주는 것으로 알고 있다.

"허얼!"

"너무 그러지 마십시오. 지금 저 도와주려고 성형외과 의사 선생님도 와 계신 마당에……."

"1번 룸 손님?"

"우리 에이스들 실비로 손봐 줄 겁니다. 남도 투자하는데 하물며 사장님이야······."

"······."

"······."

두 개의 침묵이 허공에서 부딪쳤다. 길모는 미소를 머금고 있지만 방 사장의 표정은 굳어 있다. 하지만 그는 끝내 길모의 손을 들어주고 말았다.

"오냐, 돈은 통장에 꽂아줄 테니 어디 네 멋대로 해봐라."

"고맙습니다!"

길모는 인사를 남기고 사무실을 나왔다.

'2억 마이낑은 살포시 해결.'

길모는 주먹을 불끈 나오는 길에 막 계단을 내려서는 손님과 마주치게 되었다. 비가 오는지 접어드는 우산에서 물이 줄줄 흘러내렸다.

'윽?

회장이었다. 그 싸가지 밥 말아먹은 총회장과 같이 왔던.

'이놈은 풀려난 건가?

넉넉히 생각할 여지도 없이,

"야, 룸 있지?"

회장이 다짜고짜 물었다. 길모는 사양하려 했지만 회장은 자기 마음대로 일행을 끌어들였다.

"들어오세요, 이사장님."

길모가 뭐라고 입을 열려할 때 한 남자가 들어섰다.

후웅!

얼굴도 보기 전에 길모의 손이 울림을 냈다. 눈동자에도 돌연 힘이 들어갔다.

'이 인간 뭐야?'

길모는 벼락처럼 반응하며 시선을 들어 올렸다.

제6장

대물의 등장

〈우보대학 부이사장 차홍수.〉

길모는 일단 차홍수를 2번 룸으로 모셨다.

"홍 부장입니다."

하던 대로 명함도 건넸다.

"야, 이분은 특별한 분이니까 오늘은 제대로 해라. 엉?"

회장은 유별나게 목에 힘을 주었다.

"그러지요."

길모가 대답했다. 그 사이에 차홍수의 목에서 촌스럽게 출렁거리는 투박한 금목걸이가 길모의 눈을 어지럽혔다.

하지만 머릿속에는 많은 생각이 떠돌았다. 패악한 놈인가? 부패한 방법으로 어마어마하게 치부한 인간? 그 어느 것도 감이

오지 않았다. 그가 내민 명함이 교육기관이기 때문이었다.

"오늘은 초이스다. 이사장님 곁에 아무나 앉힐 수 없거든."

그 사이에 회장이 으름장을 놓았다. 말끝마다 이사장님이다. 명함에는 분명 부이사장이건만.

"알겠습니다. 따라오시죠."

길모는 군소리 없이 대기실로 걸었다. 초이스!

말은 좋다. 아가씨 10여 명 세워놓고 고르면 만족감 높아진다. 그런데 사실 영양가는 별로 없다. 한때 아가씨를 100여 명씩 거느리던 강남이나 여의도의 룸싸롱들. 그들만의 전법이 있다.

이른바 섞어 넣기.

이건 학창 시절 반편성과 비슷하다. 반 편성할 때 우수생만 몰아넣으면 우반이다. 한때는 허용되었지만 지금은 허용되지 않는다. 성적군을 뽑아 사이좋게 섞어놓는다.

룸의 초이스도 그렇다. 10명씩 세 번 들어오면 각 무리마다 에이스급은 당연히 없고, 준에이스급 두세 명이 섞인다. 예쁜 아가씨만 골라 넣으면 다른 아가씨들이 밥을 굶는다. 그래가지고는 아가씨 공급이 되지 않는 것이다.

응? 그런데 왜 에이스가 없냐고? 그건 한 번 더 생각해 보면 명쾌하다. 진짜 에이스들은 그 시간에 룸에서 지명을 받고 있는 경우가 많기 때문이다.

사실 어떤 고급 룸싸롱에 처음 갔다면 마담이나 웨이터의 추천을 받아들이는 게 좋다. 마담이나 웨이터는 주로 '잘 노는', '성격 무난한' 아가씨를 권한다.

최상은 아니겠지만 기분 잡치지 않고 한 잔 즐길 수 있다.

하지만 남자는 역시 예쁜 여자를 찾는다. 그런데 예쁜 아가씨는 바쁘다. 인기가 좋기 때문이다. 바쁘기 때문에 더블 혹은 따따블을 뛴다. 잠깐 옆에 앉혔을 때는 기분이 좋을지 모르지만 여차하면 다른 룸을 순회하고 오시니 종종 김이 빠진다.

회장과 차홍수라도 다를 거 없었다.

길모의 예상대로 민선아와 안지영, 윤창해 등의 특급 에이스들은 죄다 대기실에 없었다.

하지만 세상에는 1등만 먹고 살라는 법은 없다. 특급 에이스가 없는 곳에서는 그중 예쁜 아가씨가 에이스가 되는 것이다.

두 손님이 지명한 건 채은서와 승아였다. 승아는 이사장이 찜했다. 에이스들이 이미 룸으로 다 빠진 덕분이었다.

"술은 뭘로 준비해 드릴까요?"

주문을 받으며 길모, 마침내 차홍수의 관상에다 눈동자를 정지시켰다.

'코끼리의 상?'

길모의 눈이 일그러졌다. 상은 나쁘지 않았다. 그런데 왜 손이 울림을 낸 것인가? 다시 집중한 후에야 길모는 이유를 알았다. 코끼리의 상 속에 승냥이가 들어 있었다. 자칫하면 후맹지상으로 보이지만 그 실체는 악완지상에 속했다. 말하자면 양의 탈을 쓴 이리의 상이었다.

'눈을 보니 틀림없군.'

길모는 고개를 끄덕였다. 핏줄이 쏙쏙 올라온 눈동자. 저절로

충혈된 눈은 악완지상의 대표적인 특징이었다.

"오늘도 로얄 살루트 30년이다."

"그날 마신 거 말씀이죠?"

회장, 오늘도 실수다. 하지만 말귀를 알아들은 길모는 에둘러 주문을 접수했다.

"관상을 보니 신수가 훤하십니다. 오늘도 재물이 넝쿨째 굴러들어 왔겠군요."

길모는 차홍수에게 첫잔을 따라주며 슬쩍 운을 띄웠다. 까칠한 상과는 달리 명궁이 밝은 데다 콧등에도 윤기가 번들거리고 있기 때문이었다.

"얌마, 잘 모셔라. 엊그제 양아치들하고는 차원이 다른 분이셔."

앞자리의 회장이 차홍수를 향해 꼬리를 쳤다. 이제 보니 회장은 총회장 직속은 아닌 것 같았다.

'하긴 그러니까 그 인간들이 딸려가도 무사하겠지.'

길모, 막 인사를 하고 나갈까 싶을 때였다. 회장의 한마디가 칼날처럼 귀를 차고 들어왔다.

"이사장님 개명하셨다면서요? 그거 어렵습니까?"

'개명?'

길모가 고개를 들었다.

"어렵긴? 요즘은 돈 몇 푼 들이면 다 통과야. 왜? 정 사장도 개명하게?"

"생각 중입니다. 제 이름이 정둘석 아닙니까? 아, 어디 가면

쪽팔려서⋯⋯."

"뭐, 정답고 좋구만. 어차피 우리가 이름 파먹을 나이도 아니고."

"그럼 이사장님 개명 전 이름은 뭐였는데요?"

"나? 난 차상빈!"

퍽!

순간 테이블에서 물잔이 떨어져 박살이 나버렸다. 놀란 길모가 움찔하다가 손으로 건드린 탓이었다.

"왜 그래?"

이사장이 물었다.

"아, 아닙니다. 죄송합니다."

길모는 얼른 장호를 불러 물잔을 치우게 했다.

차상빈!

차! 상! 빈!

길모의 귓전에서 세 음소가 환청처럼 웅얼거렸다. 기다리던 차상빈. '빈'이 출현한 것이다.

'다행히⋯⋯.'

문을 열고 나온 길모는 안도의 숨을 쉬며 생각의 끈을 이었다.

'저자는 윤호영을 모른다.'

길모는 확신했다. 그렇지 않다면 길모를 보고 어떤 반응을 보였어야 했다.

[예? 겁악제빈의 마지막 '빈'이요?]

복도에서 설명을 들은 장호도 소스라치게 놀랐다.

"동작 금지!"

[으아, 저 인간이 '빈'…….]

"진정하라니까."

장호를 나무라지만 정작 흥분하고 있는 건 길모였다. 손의 울림은 없었다. 하지만 심장의 울림이 있었다.

자그마치 윤호영의 원수. 그가 지척에 있는 것이다.

[윤표 자식 대기시켜 놓을까요?]

"아니, 좀 생각해 보자."

[그럼 1번 룸에 가보세요. 의사 선생님이 찾아요.]

'아차!'

그제야 길모는 이마를 쳤다. 성형외과 의사 김석중, 그를 깜빡하고 있었다.

"즐거운 시간 되고 계십니까?"

길모는 1번 룸으로 들어섰다. 김석중은 데려온 여자와 담소를 나누고 있었다.

"바쁘시군요?"

김석중이 물었다.

"아닙니다. 갑자기 예약 없는 손님이 오셔서……."

"이거, 괜히 내가 민폐 끼치는 거 아닌지 모르겠어요? 눈치도 없이 덥석 술 얻어 마시러 와서……."

"천만에요. 김 선생님은 제 넘버원 손님입니다."

길모는 진심이었다. 앞으로 에이스들의 변신을 책임질 사람이 아닌가?

"뭐 말이라도 고마워요."

김석중이 웃었다.

"진심입니다. 앞으로도 자주 오셔야 합니다."

"그건 그렇고 우리 병원에 오실 아가씨들이 확정되었다고요?"

"예."

"총 네 명?"

"그렇습니다."

"그날 본 세 명에 한 명 추가인가요?"

"아닙니다. 나중에 들어온 두 명에 다른 두 명입니다. 사진은 여기……."

길모는 화면을 띄워 홍연과 혜수 사진을 보여주었다.

"오, 이 둘은 별로 손댈 데가 없는데?"

"그런가요?"

반가운 말이었다. 기껏 에이스를 찜했는데 대공사가 필요하다고 하면 대략난감이었다.

"여기 네 명 사진이 다 들어 있나요?"

김석중이 묻자 길모는 뒤쪽의 유나와 승아 사진도 함께 열어 보였다. 그러자 김석중이 여자에게 핸드폰을 밀어주었다.

"로사 씨도 좀 봐줘."

'로사?'

길모는 아직 여자의 정체를 모르고 있었다.

"앞쪽 두 사람은 메이크업 잘하면 A급 연예인 수준, 뒤쪽 두 사람은 선생님이 단점 보완하면 B급은 되겠어요."

"아, 홍 부장님, 이 친구는 내가 사고 낸 연예인 친구의 메이크업 아티스트예요. 실력도 괜찮은데 사고 난 친구를 나한테 소개한 죄로 짤렸다네요. 운이 나쁘긴 했지만 실력은 좋아요."

"……?"

길모는 김석중이 무슨 말을 하는지 몰라 얼굴만 바라보았다.

"그 일로 마음이 상해 집에서 아이 기르며 쉬고 있다는데 홍 부장님 얘기 들으니까 서로 윈—윈이 될 거 같아서 꼬셔 왔어요."

"윈윈요?"

길모가 김석중을 바라보았다.

"내가 알기로 여기 템프로 아가씨들 미용, 몸매 투자가 장난 아니라고 들었거든요. 그러니 어디 대놓고 다니는 유명한 데 없으면 우리 로사한테 맡기세요. 하루 서너 명은 가능하거든요."

"우와, 그래만 주신다면……."

길모는 제의를 흔쾌히 받아들였다. 에이스들이 얼굴에 투자하는 시간은 만만치 않았다. 하지만 좀 유명한 곳은 돈이 장난이 아니다.

게다가 템프로 에이스들은 신분을 밝히길 꺼려하다 보니 쉽게 단골을 트는 것도 쉽지 않았다. 그러니 길모 박스만 이용할 수 있는 실력자라면 그보다 좋은 일이 없는 것이다.

"실력은 믿어도 되요. 내가 보증하니까."

"고맙습니다."

"그럼 아가씨들은 언제 병원에 오는 거죠? 나는 장비 세팅 끝나서 레디 상태인데?"

"내일 당장 죄다 데리고 가겠습니다."

"내가 너무 재촉하는 건가?"

"그건 아닙니다만……."

길모는 잠시 말을 끊었다가 말을 이었다.

"새로 본 아가씨들은 크게 손댈 데가 없다면 전에 본 두 명이 문제겠군요. 견적은 대략 얼마쯤 나올지……."

"뭐 술 얻어 마시는데 바가지야 씌우겠어요? 걱정 말고 오세요."

"그래도 대략 알아야 제가 대책을 세울 수 있습니다."

"그럼 두 장만 준비하세요. 크게 빠지지 않게 보완해 드리지요."

"두 장이면 2천?"

"네, 홍 부장님이라 인심 쓰는 겁니다."

김석중이 부드럽게 웃었다.

"그럼… 인심 쓰시는 김에 이렇게 하면 안 될까요?"

"……?"

"2천만 원 술로 맡겼다고 생각하시고 술 생각날 때마다 오셔서 드시면……."

"수술비 대신 술을 마셔라?"

"죄송합니다. 아가씨들에게 인심 좀 쓰려다보니 이래저래 돈이 딸려서……."

"그거 아가씨들이 내는 거 아니에요?"

"원래는 그렇지만… 저 같은 놈 믿고 따라주는 게 고마워서 제가 해주려고요."

"이야, 홍 부장님 이제 보니 진짜 화끈하시네!"

"죄송합니다. 주제도 모르고……."

"아닙니다. 그거 좋은 제안이군요. 술 마시러 올 때마다 계산하기도 번거로울 텐데 그렇게 하면 편안하게 마실 수도 있고."

"받아주시는 겁니까? 그럼 제가 차용증 써드리겠습니다."

"됐어요. 내가 의사 생활 오래하지는 않았지만 성형수술비 떼어먹는 사람은 보지 못했거든요."

"고맙습니다. 대신 메이크업 비용은 그날그날 현금 결재하라고 할 테니 염려 마십시오."

길모는 김석중을 향해 꾸벅 인사를 올렸다.

[에? 그렇게 됐다고요?]

복도에 있던 장호가 수화로 물었다.

"그래. 잘됐지?"

[잘되긴 했는데 매번 개시로 오면 곤란하잖아요?]

"천만에, 아마 한두 번에 끝날 거다."

[수술비가 2천만 원이라면서요?]

"응!"

[그런데 한두 번이에요? 발렌 마시면 열 번도 넘게 오잖아요.]

"그거야 생돈 낼 때 말이지."

[예?]

"말인즉슨 자기 돈 미리 내고 마시는 거지만 심리적으로는 꽁술 같은 기분이지. 그러니 당연히 비싼 술 먹을 테고… 아마 한 번이나 두 번, 많아야 세 번으로 끝날 거다."

[혹시 그것도 관상에?]

"천만에, 이건 물장사 요령이다. 그러니까 이따가 승아하고 유나한테 내일 오후에 시간 비워두라고 전해둬라."

길모는 장호의 머리를 쓰다듬으며 2번 룸을 바라보았다. 이제 '빈'을 상대할 타임, 관상왕이 출격할 시간이었다.

"서비스입니다."

길모는 육류 안주를 들고 들어갔다. 서비스 안주는 별거 아니어도 상관없다. 대신 깔끔하고 럭셔리해야 한다. 손님이 원하지 않는 한 오징어 같은 걸 내밀었다가는 텐프로 간판 사용 금지당할 확률이 컸다. 하나를 줘도 럭셔리하게!

"이 친구, 오늘은 제법 마음에 드는데?"

회장은 술이 거나해져 있다. 손은 아가씨의 허리를 끌어안았다. 말로는 이사장을 깍듯이 챙기지만 서로 어려운 사이는 아니라는 얘기였다. 진짜 비즈니스 접대를 하는 사람들은 절대 자세를 흐트리지 않는 법이었다.

"그날 무슨 일이 생긴 것 같던데……."

길모가 슬쩍 염장을 질렀다.

"그때 왔던 인간들 말종들이었는데 짝퉁 양주 만드는 공장에
불이 나서 홀랑 타버렸지. 죄다 딸려갔으니 몇 년 썩어야 술맛
보게 될 거야."

회장이 술을 마시자 은서가 안주를 먹여주었다. 그걸 먹으면
서도 침이 튄다. 경박이 줄줄 새는 인간이었다.

"그 친구… 능력도 없이 너무 벌리더라니……."

차상빈이 말꼬리를 물었다. 총회장하고도 아는 사이인 모양
이었다.

"그나저나 자네, 관상박사라며?"

차상빈이 길모를 보며 물었다. 관상박사. 이제 카날리아에서
그걸 모를 사람이 누가 있을까? 그러니 은서나 승아 중에서 누
군가 귀띔을 한 모양이었다.

"박사는 아니지만 제법 신통하다는 말은 듣습니다."

길모는 겸손하게 대답했다.

"그럼 내 관상 좀 봐봐. 이건 복채."

물쩡 모르는 차상빈이 100만 원짜리 복채를 꺼내놓았다.

"100만 원짜리 관상을 봐달라는 말씀인가요?"

길모는 빙그레 미소를 머금고서 차상빈을 바라보았다.

"적다는 건가?"

그가 물었지만 길모는 대답하지 않았다. 아가씨들도 가볍게
보조를 맞춰주었다. 어이없다는 듯 살포시 외면을 한 것이다.
발끈한 차상빈이 500만 원짜리를 하나 더 올렸다. 길모는 여전

히 미동도 하지 않았다.

"아니, 이 친구가!"

지켜보던 회장이 눈을 부라렸다. 그러자 차상빈의 입이 열렸다.

"600만 원도 적다?"

"……."

"뭐야? 자네가 설마 관상으로 사람 운명이라도 내다본다는 건가? 그렇지 않고서야 100만 원도 과분하거늘."

"송구하지만 그렇게 저렴한 관상은 봐드린 적이 없습니다."

길모는 여전히 부드러운 인상이다. 1번 룸은 아니지만 여기는 길모의 홈그라운드. 제 발로 찾아온 차상빈 하나 요리 못 할 관상왕이 아니었다.

"혹시 이 금을 원하나?"

차상빈이 목의 금목걸이를 꺼내보였다. 그러자 손목에서도 금팔찌가 보였다. 보아하니 금 신봉자쯤 되는 모양이었다. 길모는 가볍게 고개를 저었다.

"그럼 이거면 될까?"

오기가 발동한 건지 차상빈이 1,000만 원 수표를 더 보탰다. 길모는 그제야 수표를 집어들었다. 은철이 헤르프메 재단에서 한 말을 상기하며.

'기부 받은 돈에 천사와 악마가 새겨진 건 아니야. 우린 그 돈을 가치 있게 쓰면 그뿐.'

게다가, 하는 꼴로 보아 더 나올 것 같지도 않았기 때문이었다.

'기껏해야 1,600만 원 짜리 배포를 가진 쪼잔한 인간의 관상 좀 해부해 볼까?'

길모, 마침내 독수리의 눈을 반짝이기 시작했다.

"……"

차상빈의 관상을 바라보던 길모는 단번에 숨이 막혀왔다. 그의 관상에서 사악함을 들여다본 것이다.

우선 눈!

남자의 관상은 눈이다. 그러니 본능적으로 눈을 먼저 보게 되는 것.

'눈이 떠 있다.'

시작부터 길모의 긴장감이 발딱 일어섰다. 눈이 떠 있으니 냉혹한 성격의 소유자. 나아가 여자 밝힘증 역시 중증 중독자로 보였다. 눈의 흰자에 검은 점이 아른거리는 데다 눈썹까지 섬세하지 않은가?

'다음은 코……'

넓은 이마 아래에 바짝 선 코. 칼끝처럼 보이는 코 검봉비였다. 자신의 이익을 위해서라면 몇 사람 묻는 것쯤은 대수롭지 않게 생각할 정도의 사악함이 코에도 있었다.

질린 것은 그것만이 아니었다. 아랫입술이 윗입술을 덮은 모습에서 길모는 한 번 더 치를 떨었다. 코가 날카로우니 마음이 냉혈한이오 아랫입술이 윗입술을 덮었으니 배신을 밥 먹듯이 할 관상. 한마디로 일생을 배신과 배신으로 살아갈 상이었다.

턱도 그 관상에 호응하고 있었다. 뾰족턱이라 권모술수를 타고난 것. 웃는 낯이지만 미소 끝에 걸린 차가운 냉소. 결국 그는 양의 탈의 쓴 이리가 맞았다.

길모는 더욱 더 집중하며 차상빈의 관상을 쏘아보았다. 지금 껏 한 번도 시도하지 않았던 유년운기 부위까지 짚어보는 것이 다.

유년운기!

이건 마치 한 인간의 전력을 흘어보는 것과도 같았다. 말하자 면 차상빈의 일생을 꿰뚫어보려는 것이다.

'후웁!'

기를 집중하자 차상빈의 얼굴에 널린 100개의 포인트가 명암 을 드러내기 시작했다. 촘촘히 이어지는 해년마다의 운이 거기 서 와글거리고 있었다.

소년기까지는 귀를 보면 알 수 있다. 그가 사랑받고 자랐는지 아닌지.

청년기인 30세까지는 이마에 쓰여 있다. 이마가 좋으면 공부 도 잘했을 것이오, 진학이나 직장 운도 좋을 일이다.

35세부터 40세까지는 눈에 모든 게 들어 있다.

41세부터 50세까지는 코와 광대뼈가 사람을 말한다. 이 부분 이 좋으면 출세하거나 돈을 벌거나, 혹은 명예를 가질 수 있다.

잠잠하던 길모의 눈은 25세를 가리키는 인당 부분을 지날 때 부터 구겨지기 시작했다. 그러다 코와 인중에 다다르자 다시 집 중하기 시작했다. 차상빈의 나이 대에 도달한 것이다.

'58세.'

길모는 그의 나이를 짚었다. 왼쪽 광대뼈 아래와 귓불 사이의 58세 부위가 번들거렸기 때문이다. 그건 그의 나이가 58세라는 의미였다.

"아직도 멀었나?"

지켜보던 차상빈이 입을 열었다.

"아닙니다."

"그럼 말해봐."

차상빈은 등을 기대며 여유를 부렸다.

"해가 지기 전에 큰 거 세 장 정도 만지셨겠군요."

길모, 거두절미하고 재물부터 시작했다. 아무래도, 좋은 일이 우선이니까.

"호오, 제법인데?"

"하지만 지금부터의 운은 그리 좋지 않을 것 같습니다."

"무슨 소린가?"

"인생지사 감탄고토(甘呑苦吐)라 암중유광이 필요하리라."

"무슨 소리야?"

"이사장님의 관골에 검붉은 기운이 돌연 강해지고 있습니다. 아마 누군가의 음해가 있을 것 같습니다만……."

일단, 떡밥 하나를 살포시 던져 주는 길모.

"음해?"

"달리 말하면 배신이라고 할 수 있겠지요."

"……?"

"배신이라니? 무슨 헛소리야?"

주목하던 회장이 끼어들었다.

"해진 후에 고난이 들었군요. 방향을 알려드릴까요?"

"이 친구가 어디서 수작이야? 그 따위로 볼 거면 복채 돌려드려."

회장의 아부신공이 끼어들었지만 길모는 상관하지 않았다.

"동쪽입니다. 그곳에서 배신의 화살이 시위를 떠났습니다."

"이봐!"

차상빈이 길모를 쏘아보았다.

"한 가지 더 남았습니다만."

길모는 흐트러짐 없이 다음 말을 이었다.

"불행은 본시 짝을 이루어오는 법, 제 말을 유념하셔서 슬기롭게 극복하시길 바랍니다."

"이 친구가!"

참다못한 차상빈이 인내심의 바닥을 드러내며 바락 호통을 쳤다. 순간, 그의 핸드폰이 울렸다. 하지만 그는 듣지 못했다.

"보자보자 하니 주둥이 멋대로 놀리는구나. 너 내가 누군 줄 알아?"

참 지긋지긋하게도 들은 말이었다.

내가 누군 줄 알아?

그런데 그런 말 하는 사람치고 뒤끝 좋은 인간이 드물었다.

"됐으니까 복채 돌려드려. 헛소리 따위나 하는 주제에 무슨 관상을 본다고?"

회장도 목소리를 높였다.

"운명에 순응하지 않으시니 그냥 평범한 수준으로 맞춰드릴까요?"

길모는 태연히 차상빈을 바라보았다.

"뭐라?"

"슬하에 자녀는 다섯이군요. 하지만 그중 셋은 부자의 인연이 없습니다. 밥보다 여색을 즐겨 날마다 여자를 품지만 그 또한 부인들이 아니군요. 과거의 딱 한 여자만 빼고 말입니다."

"……!"

"아무튼 역마골 기세가 강해 평생 집은 있으되 집이 없고 여자는 많되 부인은 없을 상이니 늙을수록 고단할 상입니다."

"……?"

기세를 올리던 차상빈. 주르륵 이어지는 길모의 말에 그만 말문이 막히고 말았다.

"하지만 오늘 당장 중요한 건 이사장님 주변에서 벌어지는 배신이지요. 등하불명(燈下不明)이라. 눈앞의 일을 알려드려도 믿지 않으니 딱할 뿐입니다."

"……."

차상빈이 주저하는 사이에 다시 핸드폰이 울렸다. 옆에 있던 승아가 화면에 문자를 찍어 이사장에게 내밀었다.

—전화 왔어요.

벌겋게 달아오른 차상빈이 전화기를 집어 들었다.

"여보세요!"

단 한마디를 내뱉은 그의 얼굴이 하얗게 굳어버렸다.

'물었다.'

길모는 알 것 같았다. 그 전화가 어떤 내용인지.

"그놈 당장 사무실에 데려다 놔."

차상빈은 단 한마디를 하고 통화를 끝냈다.

"가봐야겠네."

차상빈이 회장을 바라보며 말했다.

"이봐, 이사장님 가신다니까 기사에게 준비하라고 해."

회장은 바로 길모를 닦달했다.

"계산서를 준비할 테니 잠깐만 기다려주십시오."

길모는 서둘러 1번 룸을 나왔다.

[간대요?]

"밖에 차에 기사가 있단다. 가서 준비하라고 전해."

[알았어요.]

"잠깐만!"

길모는 문득 떠오른 생각에 장호를 세웠다.

[왜요?]

"내가 나갈 테니까 계산서 좀 준비해라."

장호를 대신해 길모가 나왔다. 차상빈의 관상 때문이었다. 그의 눈꼬리 간문에 아로새겨진 난잡한 남녀 문제. 그래서 혹시나 하는 생각이 든 것이다.

"……?"

길모의 짐작은 맞았다. 빗물이 흘러내리는 세단에서 기다리고 있는 건 여자 기사였다. 직업기사라기엔 너무 어린 나이, 더

욱이 그녀 역시 간문이 깨끗하지 않아 차상빈의 정부로 의심되
는 여자였다.

"이사장님 나오신답니다. 갈 준비하라고……."

여자는 대답하지 않았다. 그저 고개를 가볍게 조아렸을 뿐.

'중국 동포 아가씨?'

짧은 순간, 길모는 그렇게 생각했다. 사이즈가 제법 되는 여
자지만 얼굴에는 생기가 없었다. 마치 로봇 같은 표정이었다.

[형, 여기요.]

길모가 계단을 내려오자 장호가 계산서를 내밀었다.

"너 차에 안 나가봤었냐?"

길모가 물었다. 손님이 룸에 들어가면 보조들은 나가서 차를
닦는 게 보통이다. 전문 세차는 아니지만 손님이 기분 좋을 정
도의 서비스를 하는 것이다. 그런데 여자 기사라는 말은 없었
다. 그건 장호가 차에 가지 않았다는 뜻이기도 했다.

[비가 와서요. 차를 보니까 아무도 없는 것도 같고…….]

"……."

[뭐 잘못됐어요?]

"됐어. 운표 어디 있나 수배 좀 해봐라."

[네.]

장호의 수화를 뒤로 하고 길모는 2번 룸을 열었다. 계산은 회
장이 했다.

"더럽게도 비싸네."

하는 구시렁거리는 소리와 함께. 투자를 하는 자리에서도 뒤

끝이 있는 인간. 이러니 매번 남의 꽁무니나 빨러 다니는 하이에나 신세를 면치 못하는 것이다.

"불쾌하시면 복채 돌려드릴까요?"

길모가 묻자 차상빈은 수표를 채갔다. 그는 500만 원짜리 한 장만을 길모에게 던졌다. 어차피 복채를 바란 건 아니던 길모는 상황을 즐겼다. 관상의 예견대로 심상치 않은 일이 터진 게 분명했다.

부릉!

두 대의 세단이 비를 뚫고 출발했다. 우산을 받쳐 든 길모와 장호, 아가씨들은 그제야 고개를 들었다.

"어휴, 밥맛! 준 걸 도로 가져가네."

은서는 몸서리를 치며 안으로 들어갔다. 그러자 길모가 승아를 바라보았다.

[금고 얘기는 안 나왔어요.]

승아의 한마디에 길모의 표정이 굳어버렸다.

'금고가 없다?'

뜻밖의 정보였다. 표면적으로는 대학 부이사장 직함을 가지고 있지만 그건 신분 세탁용에 불과했다. 둘의 대화 중에도 간간히 보이스피싱 사업이나 밀수에 대한 암시가 나왔다. 그런데 금고가 없다니? 그건 이해하기 어려운 일이었다.

"그럼 은행거래 하나 보지?"

[그것도 아닌가 봐요.]

승아는 고개를 저었다.

"그럼?"

[자기만의 금고가 있긴 한데, 하느님도 모른대요.]

"무슨 소리야?"

[몰라요. 회장이라는 사람이 물어도 그렇게만 대답했어요. 금고 같은 데 돈 넣어놓는 놈들은 아마추어라고.]

"아마추어?"

[총회장의 가짜 양주 공장 금고 불탄 얘기하다가 그러더라고요. 요즘 누가 현금 쌓아놓고 사냐고…….]

"그럼 부동산?"

[그것도 아닌가 봐요. 이제부터 부동산 좀 손대려 한다던데요?]

'돈은 있는데 금고는 없다?'

[그나저나 진짜 악당들이에요.]

"왜?"

이번에는 장호가 수화로 받았다.

[이사장이 있는 대학에 중국 학생들이 많은 가 봐요. 그런데 그 정보까지도 빼내서 중국 학생을 대상으로 나쁜 짓에 이용하는 거 같았어요. 요즘은 그쪽이 더 짭짤하다나 뭐라나…….]

"허얼! 국제적이군."

[그래도 뭐 자기들은 애국자라네요. 고용 증대와 실업자 해소에 기여하고 있다고.]

"고용 증대는 또 뭐야?"

[인출 역할을 대학생이나 청년 백수들에게 맡기고 있대요. 뭐

금융계열사라고 속이니까 벌 떼들처럼 덤빈다나요.]

"……."

[저번에 왜 뉴스에 나왔잖아요? 말하는 투가 그것도 전부 이 사장과 관련된 조직 같아요.]

길모도 생각이 났다. 보이스 피싱은 눈부시게 진화(?)하고 있다. 전에는 주로 중국 동포나 중국인 유학생을 인출책으로 썼지만 지금은 과감하게 내국인 구직자를 이용하고 있다.

어이없게도 그들은 금융회사를 사칭한다. 더구나 경찰 관련 업무로 보안이 필요해 번거로운 절차를 걸치는 것이라며 호도하기도 한다. 그러나 높은 시급을 주기에 물정 모르는 청년 백수들이 걸려 범죄자가 되기도 하는 것이다.

취중진담.

룸에서는 왕왕 일어나는 일이다. 술기운 오른 부패한 인간들은 과시의 유혹에 시달린다. 그게 은연중에 툭툭 튀어나오는 것이다.

"저 둘은 왜 만난 거래?"

[회장이 이사장하고 합작할 생각이 있나 봐요. 알랑거리면서 일감을 타진하던데요.]

"결과는?"

[둘이 손을 잡을 눈치예요.]

거기까지만 물었다. 고객관리 차원에서의 정보 수집. 승아는 그 협조에 충실했다. 길모를 믿기 때문이었다.

회장, 알고 보면 발 빠른 사람이었다. 총회장 쪽이 박살 나자 바로 배를 갈아타는 눈치였다.

길모는 잠시 후에 김석중을 배웅했다. 비는 그때까지도 퍼붓고 있었다. 배웅을 마친 길모는 1번 룸으로 들어와 생각에 잠겼다.

차상빈.

그를 만났다.

패악무도한 인간이자 윤호영의 원수이기도 한 인간. 길모는 일단 두 가지 수를 띄워놓았다. 첫째, 누군가의 배신은 그의 관상에서 읽은 게 맞았다. 시간도 얼추 적중되었다. 하지만 그게 차상빈의 삶을 바꿀 정도의 기세는 아니었다. 그는 이 위기를 가볍게 넘길 것이다. 길모가 노리는 건 단지 신뢰였다. 신묘한 관상 실력을 보여줌으로써 그의 신임을 사려는 의도였다.

하지만!

중요한 건 그게 아니었다. 금고가 없다는 사실. 그게 길모를 당혹감 속으로 이끌고 있었다. 여러 정보를 취합해 보면 그는 막대한 현금을 가지고 있는 게 옳았다. 여자를 두루 섭렵하며 아이들을 낳았지만 둘을 빼고는 마음에 두지 않고 있었다.

호색한이라 여자 없이 살지 못하지만 그렇다고 한 여자에 빠져 허우적거릴 상도 아니었다. 그에게 있어 여자란 단지 향락과 탐욕의 수단에 불과한 것. 정복하는 순간 매몰차게 등을 돌릴 짐승일 뿐이었다.

두 가지가 머릿속에서 떠돌았다.

다섯 자녀.

그답게 마음에 두지 않지만 둘은 그렇지 않았다. 하긴 최소한 다섯 번은 결혼내지 동거를 했을 차상빈. 그중 한 여자에게만 애정을 가지고 있었다. 그의 마음이 머무는 두 명의 자녀. 그건 서른여덟과 서른아홉에 나은 자식들이다. 그 나이 대를 나타내는 눈에 애정이 깃들어 있었기 때문이었다.

다음으로,

'통장…….'

그 단어는 여전히 마음에 와 닿지 않았다. 일반적인 사업가나 부자들도 제각각 금고 하나쯤은 필수품이다. 하물며 구린 돈으로 치부하는 차상빈이 금고가 없다니? 길모는 조바심이 파도치는 마음을 달랬다. 서둘러서 좋을 일은 하나도 없었다.

이날의 마지막 손님은 정치인들이었다. 40대의 정치인들은 모상길의 소개를 받고 왔다며 룸으로 들어섰다.

"홍 부장님?"

시원한 목소리를 가진 사람의 직업은 현직 변호사였다. 또 한 사람은 원래 정치인. 원외 지역구 의원장이었다.

"잘 부탁드립니다."

길모는 하던 대로 명함부터 건넸다.

"우리 관상 좀 보러왔는데 술 뭐 시켜야 하죠?"

변호사가 물었다.

"그거야 어떤 관상을 보시냐에 따라 다르지요."

길모가 웃었다.

"어이쿠, 이거 초장부터 기선 제압하시네."

"간단히 기본으로 드릴까요?"

길모는 분위기를 풀었다. 첫 대면에 매상부터 강요해서 좋아할 사람은 지구상에 없었다.

"일단 발렌 30 한 병 줘요."

"아가씨는 어떻게 할까요?"

"우리끼리 얘기하면서 홍 부장님께 관상 부탁할 거니까 조용한 애로……."

"그러죠."

길모는 복도로 나왔다. 아가씨는 당연히 승아와 유나를 우겨넣었다.

"모 대인님과는 어떻게 아시는 사이인지……."

길모가 술을 따르며 물었다.

"아, 그 양반이야 정치 좀 하는 사람이면 다 알지요. 그분이 우리를 잘 몰라서 그렇지."

"……."

"내년에 총선이잖아요? 이런 말하기 뭣하지만 줄을 서야 할 텐데 어느 쪽으로 서야 할지 감이 안 온단 말입니다. 모 대인님 말로는 홍 부장님이라면 답을 줄지도 모른다고 하시던데……."

변호사가 길모를 보며 말했다. 손님이지만 오히려 조심하는 말투였다.

"제가 무슨 능력이 있다고……."

"어허, 너무 그러지 말아요. 그분이 허튼소리 할 분도 아니고……."

"전작이 있으시죠?"

길모가 물었다. 두 사람이 얼굴은 다 붉으레했다.

"좀 마셨지요. 이놈의 정치라는 게 내가 열심히 한다고 되는 게 아니잖아요? 위에서 명줄을 쥐고 있으니 공천이 되어야 뛰든 날든 할 일이니……."

"이 사람아, 그게 어디 명줄인가? 돈줄이지."

조용하던 위원장이 목소리를 보탰다. 불만이 잔뜩 서린 표정이었다.

"이번에 당권 잡은 어르신들 보통 사람들 아니야. 적어도 정치 8단들이라고. 겉으로는 쇄신이 어쩌고 변화가 저쩌고 하지만 결국은 총알이야. 적어도 10장은 내놓으라고 할걸?"

"10장이면 10억?"

"내 말이 맞을 테니까 총알부터 챙겨놓으시게. 다 내 경험에서 하는 말이야."

"그래서 지난번에 권 위원장이 떨어진 거야?"

"당연하지. 말로는 참신성이 부족하니, 상대 후보에 비해 중량감이 떨어져서 표적 공천을 해야 하네 하지만 그게 다 총알 탓이네. 그 인간 20장 냈다는 소문이 파다했거든."

20장.

20억 원이다. 이러니 차떼기 정당이 어쩌고 하는 말이 나오는 것이다.

공천줄을 쥔 자. 그들은 깨끗하다고 항변하지만 결국은 뒷전에서 못된 거래를 누리는 어르신은 여전히 존재하는 것이다.

'나라 꼴… 서민은 담배 한 갑 사는 데도 벌벌 떠는데 윗물이 이러니……'

딱히 윗물로 존경하지도 않는 정치가들. 하지만 자칭 지도층을 사칭하니 그렇다고 치면, 참 한탄스럽고 통탄할 일이었다.

"허어, 개판이군. 이러니 여의도에만 입성하면 국개의원이 된다고 하지. 그 돈 냈으니 본전 챙겨야 할 거 아냐?"

"그러니까 이 변은 일찌감치 발 빼시게. 나처럼 여기 물 먹으면 빼도 박도 못해."

"하핫, 나도 이미 늦었네. 그러니 이번엔 제대로 한 번 해보자고. 대한민국 정치인 중에 쓸 만한 리더 하나쯤은 있겠지. 그거 찾자고 모 대인 쫓아다닌 거 아닌가?"

"술이나 마시세."

위원장이 술잔을 들었다. 권력의 중심에서 밀려난 국회의원 후보자들. 그걸 지켜보는 것도 유쾌한 일은 아니었다.

"어때요? 우리 둘, 국회의원할 관상입니까? 아닙니까?"

변호사가 물었다.

"인물 훤하시군요. 머잖아 서광이 들 상들이십니다."

"그렇게 두루뭉술 둘러치지 말고 제대로 좀 봐줘요."

"그러시면 명부를 쥐고 있는 분을 모시고 오세요. 그래야 관상을 맞춰볼 거 아닙니까?"

길모는 공손히, 그러나 벼르던 말을 했다. 부패한 정치 거물을 터는 맛은 또 어떤 걸까? 공연히 기대가 앞서기도 했다.

"어, 그럴까? 정 의원님도 관상 좋아하시잖아?"

"그렇지. 지지난번 대선 때도 유명한 관상가를 찾아갔다고 했지?"

두 손님은 길모의 제안을 솔깃해하는 눈치였다.

*　　　*　　　*

비가 새벽까지 이어지자 서 부장 박스가 먼저 마감을 했다. 그러자 강 부장과 이 부장도 마지막 손님을 배웅하는 것으로 영업을 끝냈다. 길모도 물론 1번 룸의 문을 닫았다.

모두 퇴근을 했지만 길모와 장호는 카날리아에 있었다. 윤표의 연락을 기다리는 것이다.

[아, 이 자식, 왜 이렇게 오래 걸리는 거야?]

장호가 짜증스레 수화를 그렸다.

"왔다 갔다 하지 말고 앉아라.

[나가볼까요?]

"앉으라니까."

[아, 진짜……]

장호가 의자를 당겨 앉은 직후에 카날리아 밖에 급정거하는 오토바이 소리가 들렸다.

[윤표예요!]

윤표가 맞았다. 우비를 썼지만 녀석의 몸은 함빡 젖어 있었다.

"커피 한 잔 끓여 와라."

길모는 차부터 챙겼다

"앗, 뜨거!"

서둘러 차를 마시던 윤표가 커피를 그대로 토해냈다.

[멍청아, 불어서 마셔야지.]

장호의 수화가 허공에서 춤을 추었다.

"어떻게 됐냐?"

잠시 기다린 길모가 마침내 질문을 던졌다.

"죄송해요. 여기저기 들리느라……."

남은 커피를 홀짝 넘긴 윤표가 입을 열었다.

[여기저기?]

"처음에 간 곳은 외곽이었어요. 거기서 끝내주더라고요."

"끝내주다니?"

"기사 말이에요. 으아, 그 여자 이종격투기 선수는 저리가라 였어요. 닥치는 대로 치고 박고 까고 뭉개고 꺾고……."

윤표의 주먹이 혼자 허공을 휘저었다. 싸움이 일어났다는 말 이었다.

[운짱 여자가?]

"그래. 시장 뒤의 허름한 건물인데 거기 서자마자 짧은 쇠파이 프 하나 들고 내리더라고. 그리고 성큼 안으로 들어가길래 뭐하나 했는데 불과 10분 정도 만에 안에 있던 인간들을 다 뭉개 버렸어. 그런 다음에 보스로 보이는 남자를 질질 끌고 나오더라. 으아!"

"계속해 봐."

"우리 손님은 그때야 세단에서 나왔어요. 그러더니 꿇려진 남자를 미친 듯이 밟더라고요. 그래도 분이 안 풀리는지……."

[안 풀리는지?]

"거기 나무에 묶어놓고 차로 돌진했어요."

"죽였단 말이야?"

"그러는 줄 알고 바짝 쫄았는데 코앞에서 급정거했어요. 놀란 남자는 완전히 맛탱이가 가버렸고요."

[우와, 그, 그런…….]

"그러고 나서야 차를 돌렸어요. 나도 살짝 쫄아서 거기서 돌아올까 했는데 어쩐지 무서우면서 스릴도 있고 해서 끝까지 따라갔지요."

"……."

"여기예요."

윤표가 내민 건 양재동 쪽의 4층짜리 고급 빌라였다.

"2층으로 들어갔어요."

"너 요즘 바쁘냐?"

길모가 물었다.

"뭐 별로요. 시킬 일 있으면 시키세요. 제가 바쁘면 친구나 후배 놈들 붙여도 되고……."

"그럼 내일부터 며칠 그 인간 좀 따라다녀 봐."

길모는 복채로 받은 돈에서 일부를 떼어주었다.

"이렇게 많이요?"

눈이 휘둥그레지는 윤표.

[야, 우리 형, 이제 옛날 찌질이 부장님 아니야. 알아서 모셔라.]

장호가 수화로 설명했다.

"아무튼 고마워요. 갈게요."

봉투를 받아든 윤표가 카날리아를 나갔다. 문이 열리자 하얗게 밝아진 세상의 빛이 계단을 타고 내려왔다. 아침이 밝아온 것이다.

'여자 기사……'

시작부터 마음에 걸렸다. 심상치 않은 느낌이긴 했지만 경호원 겸용일 줄은 생각지 못한 길모였다. 그 곁에 알짱거리는 회장.

그 인간도 품질이 안 좋기는 마찬가지. 나쁜 요소들이 지뢰처럼 널린 것이다.

차상빈!

쉽지는 않을 것 같았다. 길모도 각오는 하고 있었다. 겁악제빈의 마지막에 배치된 차상빈이었다. 그만치 어려움이 따를 거라는 건 예상하던 바였다.

'하지만 나는 관상왕.'

게다가 차상빈의 관상을 낱낱이 뜯어본 바.

'악을 제압하려면……'

두 가지 방법이 있었다. 법으로 다스리는 것과…….

'악의 머리 위에서 다스리는 것.'

그건 나이트클럽과 하드풀방 주변의 양아치들에게서 신물 나게 익힌 내공이었다. 법의 손이 닿지 않는 양아치를 물리치려면 더 악랄한 양아치처럼 굴어야 했다.

'봉산개도 우수가교(逢山開道 遇水架橋).'

산을 만나면 길을 내고 물을 만나면 다리를 놔라. 길모는 그
말을 잘근잘근 씹었다.

*   *   *

촤아아!

집으로 돌아온 길모는 욕실에서 샤워를 했다. 시원했다. 물은
참 신기하다. 차가우면 차가운 대로 뜨거우면 뜨거운 대로 몸을
시원하게 만들었다.

몸은 음양을 다 받아들인다. 그리고 관상으로 나타난다. 일례
로 재산을 상징하는 코 준두의 재백궁. 그걸 좋게 하려면 엉치
뼈를 잘 관리해야 한다. 몸이란 오밀조밀한 시스템으로 이어지
고 있기 때문이다.

[형!]

물기를 털고 나오자 장호가 텔레비전을 가리켰다. 자막으로
'보이스 피싱' 범죄에 당한 사람들 소식이 떠올랐다.

[수술비를 어렵게 모았는데 병원에서 선불 입금하지 않으면
수술실 예약이 안 된다고 해서 송금했는데 보이스 피싱이었대
요. 으아, 죽일 놈들······.]

"······."

뉴스는 여러 사례들을 모아서 내보냈다.

[아까 나온 건 대학생인데 방학 동안 알바하고 과외해서 겨우

등록금 모았는데 통장 비밀번호가 누출되었다는 연락을 받고 안전한 계좌로 옮기라는 말에 속아 홀라당…….]

"……."

[아, 진짜 사람들도… 저런 거 들으면 뻔히 보이스 피싱이지…….]

장호가 핏대를 올렸다. 사실 그렇다. 길모가 봐도 빤히 보이는 수작이다. 하지만 당한 사람들 말을 들으면 또 이해가 간다.

우선 최근의 보이스 피싱은 피해자의 정보를 꿰고 있다. 그러니 무턱대고 부정하기 어려운 것이다. 더구나 다급하고 촉박한 건으로 사람을 몰아간다. 결국 넋이 나간 사람들은 뭔가에 홀린 듯 저들의 꼭두각시가 되어버린다. 아차 싶었을 때는 이미 모든 게 끝난 후!

[저거 어제 온 차상빈 짓 아닐까요?]

장호가 수화를 날려왔다.

그럴지도.

길모는 속으로 대답했다.

[안 털 거예요?]

길모의 속내를 읽은 듯 장호가 물었다.

"글쎄……."

[형, 형은 금고만 여는 거 아니잖아? 컴퓨터 비번도 뚫고 보안문도 뚫고… 그러니 일단 털면 되는 거 아니에요?]

"통장을 가져와서 돈을 빼내잔 말이냐?"

[아니면 인터넷 뱅킹을 해도 되잖아요?]

"그 인간이 인터넷 뱅킹 안 하면?"

[그럼 통장 들고 와서 인출해요. 금고는 없어도 통장은 있을 거 아니에요.]

"물론 있겠지."

[그럼 뭐가 걱정이에요. 단지 수단이 바뀌는 것뿐이죠.]

"그런데 그게 다 대포통장이면?"

[에?]

장호의 표정이 굳어버렸다.

"차상빈… 이 인간은 지능적이야. 왠지 아냐?"

[뭔데요?]

"관상상 인생을 배신과 배신으로 살아가는 인간이다. 그러니 누굴 믿겠냐?"

[그러니까 통장이 있을 거 아니에요. 은행은 안전하니까.]

"그놈이 버는 돈은 범죄에서 오는 거야. 언제든 걸리면 무조건 압수인데 통장에 올인할까?"

[그렇게 따지면 집에도 없겠네요. 거기도 언제든 구속되면 수색할 거 아니에요?]

"그렇지."

[그럼 어디다 둬요? 먹어요?]

"먹어?"

[먹으면 안 뺏길 거 아니에요. 그거 말고는 방법이 없잖아요?]

"그럼 다이아몬드로 바꿔서 죄다 먹어버렸을까?"

[아, 안 되겠다. 그럼 결국 똥으로 나올 테니…….]

상상의 나래는 결국 똥으로 옮겨갔다. 하지만 다이아라는 생각은 가능성이 있었다. 의심이 많은 사람, 구린 범죄로 돈을 버는 사람.

금고도 없고 통장도 없이 돈을 관리한다면 다이아몬드도 나쁘지 않았다. 그 정도라면 구두 뒤축에도 수십억 원 어치를 숨길 수 있을 테니까.

[아예 윤표 자식을 계속 박아둘까요? 좀 더 알아보게?]

"그것도 나쁘지 않지. 하지만 서두르면 체한다."

[하긴 이미 오토바이로 한 번 따라갔으니 자꾸 알짱거리면 수상하게 생각하겠네요.]

"맞아. 그러니 느긋하게 기다리자."

[뭘요?]

"다시 올 거다. 차상빈……."

[진짜요?]

"암, 구린 게 많은 인간들은 자기 미래가 궁금한 법이거든."

차상빈. 지금쯤은 알게 되었을 것 같았다. 귀신처럼 적중한 길모의 관상 실력. 더구나 이제 소재 파악까지 된 상황. 조금 늦는다고 안 될 것도 없었다.

[알았으니까 빨리 자고 일어나요.]

"왜? 오토바이 수리해야 하나?"

[그게 아니고 스케줄이 두 개나 있잖아요.]

"스케줄?"

[저봐, 또 잊어버렸네. 성형외과에 가야 하고 류 약사님 하고

약속도 있잖아요?」

"......!"

길모의 눈이 휘둥그레졌다. 깜박 잊고 있었다. 성형외과에 출동하는 일. 그보다 더 깜박 잊고 있었다. 류 약사와 저녁을 먹기로 한 일.

"고맙다. 장호야!"

길모는 장호를 껴안고 뒹굴었다. 까닥했으면 감쪽같이 잊어버렸을 일이었다.

*   *   *

이른 오후에 일어난 길모는 거울 앞에 섰다. 아무리 봐도 뽀대가 나지 않는다. 있는 옷 없는 옷 다 꺼내도 마찬가지였다.

오늘 길모에게는 두 가지 중대한 스케줄이 있다.

홍길모 사단의 성형 견적을 받는 것.
류 약사와 저녁 식사를 하는 것.

사실 둘 중 하나만 해도 굉장한 일이다. 그런데 약간의 간격을 두고 두 가지를 하려니 가슴이 벌렁거렸다. 낡은 마이는 여전히 마음에 들지 않았다. 헐렁한 야상이나 점퍼는 폼이 나지 않았다.

'옷 좀 살걸......'

하고 후회하지만 해결책이 되지 않는다.

웨이터!

사실 딱히 의상이 많이 필요한 직업이 아니었다. 룸에서 입는 근무복인 검정 계열 양복만 있으면 만사 오케이이기 때문이다.

일 년에 딱 두 벌만 있으면 된다. 춘추복과 하복. 왜냐하면 룸 싸롱만큼 냉난방이 잘되는 곳도 드무니까.

출퇴근도 그렇다. 박스를 뛸 정도의 웨이터라면 당연히 자가 용이 있다. 그러니 그저 아무거나 걸치고 가서 근무복으로 갈아 입으면 그뿐이었다.

[형, 그냥 이거 입어요.]

장호가 내민 건 얼마 전에 입었던 흰 양복이었다.

"이거?"

[다른 것보다는 나아요. 게다가 형은 관상박사니까.]

"진짜냐?"

[다른 것보다는 낫다니까요. 하얀 옷의 관상박사.]

별다른 대안이 없었으므로 길모는 장호의 의견을 받아들였 다. 그래도 저번보다는 나았다. 한 번 입은 관계로 세탁소에 보 냈던 까닭이었다.

[그럼 출발합니다.]

장호가 시동을 걸며 물었다.

"애들은?"

[전부 출발했다고 문자 왔어요.]

"에이스들도?"

[물론이죠.]

장호는 수화를 만들어보이고는 바로 기어를 당겼다.

와다당!

오토바이가 바람을 가르며 출발했다. 거리가 쭉쭉 밀려났다. 오래지 않아 장호의 오토바이는 김석중의 성형외과 앞에 닿았다.

"오빠, 여기!"

먼저 도착한 유나가 두 손을 흔들었다. 혜수와 홍연이, 승아도 모두 거기 있었다.

[오빠, 의상 굿이네요.]

승아가 엄지를 세워주었다.

"자, 그럼 홍길모 사단 출발해 볼까요?"

길모가 앞장을 섰다. 네 명의 미녀 뒤에 포진한 장호까지. 다섯 청춘의 걸음은 거침이 없었다.

"홍 부장님!"

김석중은 길모 사단을 반갑게 맞아주었다. 어려울 때 자신을 대우해 준 길모를 알아주는 것이다. 김석중은 네 명의 간호사와 함께 진단을 시작했다. 혜수와 홍연은 오래 걸리지 않았다. 대신 둘을 잡아끈 건 메이크업 아티스트 로사였다.

[형, 뭔가 막 제대로 되는 거 같아요.]

장호의 얼굴에서도 싱글벙글 미소가 지지 않았다.

"너도 좀 고쳐 줄까?"

[됐거든요. 남자 얼굴이 이 정도면 미남이지…….]

"얼씨구, 그게 미남이면 나는 세계적 미남이겠다."

[형, 미안하지만 얼굴은 내가 낫거든요.]

"그걸 누가 인정하는데?"

[똥인지 된장인지 먹어봐야 알아요? 척보면 알지.]

"홍 부장님 잠깐만요."

진단이 끝난 후에 김석중이 길모를 불렀다.

"이야, 여기 계시니까 포스가 팍팍 나오시네요."

진료실에 들어선 길모가 솔직하게 말했다. 사람은 자기 자리에 있어야 빛이 나는 법. 가운을 입은 김석중에게서는 신뢰가 우러나왔다.

"어때요? 이번에는 무탈하게 병원 키울 수 있겠어요?"

"그럼요. 지금 보니까 명궁이 더 밝아졌고 콧날도 화색찬란한 걸 보니 잘될 거 같습니다."

"괜히 띄우는 거 아니고요?"

"아닙니다. 관상도 변하는 거거든요."

"그렇군요. 원래 얼굴도 변하는 법이니까."

"그런데 왜?"

"아, 드릴 말씀이 있어서요."

"왜요? 진단하시니 돈이 더 들어갈 거 같나요?"

"네!"

김석중이 한마디로 대답하자 길모의 눈빛이 살짝 꺾였다. 돈이 더 든다는 건 아무래도 부담스러운 일이었다.

"카날리아에서 보는 거 하고 여기서 제대로 보는 건 다르잖아요. 그래서 추가 비용이 발생할 거 같습니다."

"얼마나… 요?"

"하핫, 천하의 관상박사님도 겁을 먹나요?"

"그게 아니라……."

"뭐 조금 더 들 것 같은 건 사실인데 그거 돈 더 달랄 생각은 없고요 그냥 부탁이 하나 있어서요."

"……?"

"밖에 우리 간호사들 보셨죠?"

"네."

"오늘 알바 삼아서 불렀는데 저 중에서 두 명만 뽑을 거예요. 관상 좀 봐주시고 추가 비용 쌤쌤이 하는 거 어때요?"

김석중이 웃으며 제의를 던졌다.

"그게 뭐 어렵겠습니까? 그렇게 해주시면 고맙죠."

"그럼 나가서서 좀 봐주세요."

"키 작은 간호사는 선생님과 관상 궁합이 잘 맞으니까 무조건 쓰시고 한 명은 노란 티를 안에 받쳐 입은 간호사로 쓰세요. 왼쪽 이마가 밝은데다 오른쪽 이마에 작은 점이 있으니 책임감이 강하고 성실할 상입니다. 어떤 책임을 맡겨도 열심히 해낼 테니 밑의 직원으로는 그보다 더 좋을 사람이 없을 겁니다."

"벌써 관상을 다 봐두신 겁니까?"

"선생님이 제 에이스들 운명을 쥐고 계시지 않습니까? 그러니 저도 신경을 좀 써드려야죠."

"이야, 역시 홍 부장님!"

김석중은 기꺼이 엄지를 세워보였다. 그러는 사이에 밖에서 엄청난 감탄사가 들려왔다.

"무슨 일이죠?"

"나가볼까요? 우리 로사 씨 작품이 나온 모양입니다."

길모의 질문에 김석중이 진료실 문을 열었다.

'오, 마이 갓!'

접수실 공간으로 나온 길모는 벌린 입을 다물지 못했다. 그건 장호와 승아, 유나도 마찬가지였다.

혜수와 홍연!

두 여자가 변신해 있었다. 단순히 메이크업 하나만으로 완전히 다른 여자가 되어버린 혜수와 홍연. 각기 개성을 극대화시킨 화장은 그녀들을 재탄생시키고 말았다.

"세상에!"

유나의 이빨이 다닥다닥 부딪쳤다. 어째서 그렇지 않을까? 혜수와 홍연은 여자가 봐도 반할 정도로 개성에 가득 찬 매력을 뽐내고 있었다.

"솔직히 별 기대 안했는데……."

"나도요. 이건 완전히 다른 세상이에요. 내가 이렇게 예뻤다니……."

홍연과 혜수, 그 본인들도 믿기지 않는다는 표정이었다.

"아직 완성은 아니에요. 이분들 헤어 좀 만지면 좀 더 나아질 거예요. 헤어는 제가 아는 미용실이 있으니까 앞으로 거기서 만나요. 한꺼번에 둘 다 해결하면 경제적이잖아요."

로사의 설명에 홍연과 혜수는 한 번 더 감탄했다. 지금도 눈알이 돌 지경인데 더 나아질 거라니.

"두 분은 오늘부터 일주일 동안 돌아가면서 라인 정도 살리는 부분 시술을 하면 됩니다. 하지만 승아 씨 하고 유나 씨는 조금 시간이 걸리니까 천천히 시간을 두고 6개월 정도 투자해야 할 거 같아요."

김석중이 상황 정리를 해주었다. 그 정도면 아무 문제가 되지 않았지만!

"저기… 선생님."

길모는 김석중에게 성형 프로젝트를 보여달라고 청했다. 그런 다음 몇 가지 옵션을 당부했다. 미녀가 되는 건 좋지만 좋은 운을 뭉개는 건 원치 않았다. 특히, 승아. 만약 그녀의 턱을 좀 더 깎아낸다면 말년이 쓸쓸해질 수도 있었다.

"그리고 혜수 눈꺼풀에는 절대 손을 대지 마시기 바랍니다."

"왜요? 쌍꺼풀이 또렷하지 않아 살짝 손보면 좋은데."

"안 됩니다. 그렇게 되면 오히려 그녀에게 해가 됩니다."

"예?"

"혜수는 도화와 끼를 가지고 있거든요. 그런 사람이 쌍꺼풀을 돋보이게 만들면 사치와 허영심이 발동해 결혼운을 망칠 수 있습니다."

"아, 그래요? 그렇다면 절대 손대지 말아야죠."

길모의 관상 실력을 아는 김석중은 기꺼이 의견을 받아주었다.

'일주일……'

길모는 기대감으로 가득 찼다. 이제 일주일 후면 카날리아의 판도가 변하는 것이다. 에이스 지도가 바뀌는 것이다.

혜수와 홍연!

계약서를 썼다.

조금 황당해했지만, 보건증도 만들었다.

[형, 나 좀 한 대 때려 봐요.]

에이스들과 헤어진 후에 장호가 머리를 내밀었다.

"왜?"

[이게 말이 되냐고요? 애들이 민선이나 창해한테도 꿀리지 않잖아요?]

"한 명은 애들이지만 또 한 명은 누님이시다."

[아, 지금 그게 중요해요?]

"함부로 굴지 말라고. 에이스는 에이스다운 대우가 필요하니까."

[으아, 일주일… 무지막지하게 기대되네.]

"그렇지?"

[승만이 자식하고 병태, 영운이 다 홀랑 뒤집어질 거예요. 침 질질 흘리면서…….]

"너나 침 좀 닦아라."

[하여간 우리 형, 진짜 대단하다.]

"또 뭐가?"

[나 이제 기업가들 성공 스토리 안 읽으려고요. 형 성공 스토리가 더 리얼하거든요.]

"나?"

[사선을 넘어 환골탈태한 홍길모, 불멸의 카리스마를 가진 관상왕으로 새로 나다.]

"그만 띄워라. 카리스마는 무슨……."

[아부 아니에요. 형 요즘 1번 룸에서 관상 볼 때 보면 전율이 돈는다니까요. 나만 그런 게 아니에요.]

"진짜냐?"

[물론, 류 약사님 앞에서는 아니지만!]

"앗, 류 약사!"

[우와, 지금 몇 시예요?]

"야, 밟아라. 잘못하면 또 늦는다."

길모는 뒤도 돌아보지 않고 오토바이에 올랐다.

바당!

장호의 오토바이에 상큼한 시동이 걸렸다.

제7장

넘보지 마라

아슬아슬하게 시간에 맞춰 도착한 길모. 엘리베이터 안에서
거울부터 살폈다. 하얀 양복에 하얀 구두… 어쩐지 너무 튀는
의상 같았다. 하지만 이제 와서 어쩔 것인가?

"류 약사님!"

패밀리 음식점에 들어선 길모는 밝은 인사부터 던졌다.

"쉬잇!"

류 약사는 손가락을 입으로 가져갔다.

"……?"

"밖에서까지 무슨 약사예요? 창피하게……."

"그럼 뭐라고?"

"그냥 선생님……"

이라고 말하던 류 약사가 자기 입을 막았다. 약사들이 일반 호칭으로 쓰는 선생님. 하지만 길모에게까지 쓰라고 하자니 어색한 모양이었다.

"선생님이라고 부르겠습니다. 류 약사님."

"또……."

"죄송합니다. 습관이 되어서……."

길모는 꾸벅 고개를 숙였다.

"드실 거 고르세요. 약 들어올 시간이라 오래 있지 못하거든요."

류 약사가 메뉴판을 내밀었다.

"……!"

길모는 눈알만 굴렸다. 메뉴들이 눈에 익지 않은 까닭이었다.

"류 약사… 선생님은 뭐 드실 건지……."

"저 신경 쓰지 마시고 마음대로 고르세요. 제일 비싼 거 시켜도 괜찮아요."

"……."

"왜요? 이런 데 싫어해요?"

"그건 아니고……."

"좀 더 비싼 데로 갈까요? 카날리아는 고급 룸싸롱이라 좋은 음식만 보셨을지도……."

"류 약사님!"

룸싸롱이라는 말에 놀란 길모가 파닥 고개를 들었다.

"어머, 죄송해요. 저도 습관이 되어서… 그런데 홍 부장님도 계속 약사라고 하고 있잖아요."

이쯤 되면 피장파장이다. 그래도 어쩐지 길모가 손해 보는 느낌이었다. 그러는 사이에 종업원이 주문을 받으러 왔길래 그냥 아무거나 가리켜 버렸다. 하필이면 스테이크 레어였다.

"고기 많이 드셔보셨나 봐요. 저는 아직 레어는 소화 못 하는데……."

류설화는 웰던을 시켰다. 그제야 길모는 자신이 무슨 작태를 벌였는지 알게 되었다. 피가 줄줄 나오는 고기를 시킨 것이다.

'젠장!'

그렇다고 이제 와서 바꿀 수도 없었다. 다른 사람도 아닌 류설화 앞이었다.

"샐러드 가지러 가셔야죠. 먼저 다녀오세요."

이번에도 등 떠밀리듯 일어서는 길모. 죽 늘어선 야채와 과일 앞에서 고민에 빠졌다. 대체 뭘 가져가야 류 약사에게 우아하게 보일 것인가? 하필이면 사람도 없었다. 여자라도 한 명 있으면 그걸 보고 따라하겠거늘.

'에라 모르겠다.'

길모는 별수 없이 야채만 퍼 담았다. 여자들은 채식주의자가 많다. 그건 길모도 알고 있었다.

"맛있게 드십시오!"

주문한 스테이크가 나온 순간 길모의 눈자위가 바로 구겨졌다.

파트너의 법칙!

느닷없이 그게 떠오른 것이다. 나이트클럽이나 단란주점, 혹은 룸싸롱 같은 곳에서 파트너를 정하면 열에 아홉은 나중에 이렇게 생각한다. 내 친구 놈 파트너가 더 섹시해 보인다고.

류 약사의 웰던은 석쇠줄부터 깊었다. 게다가 고기 가장자리가 알맞게 익어 있다. 그에 비해, 길모의 것은 썰기도 전부터 육즙 홍수다. 그냥 육즙이면 좋으련만 코피형 홍수가 아닌가?

그래도 미소를 머금고 먹었다. 쇠 피를 날것으로 뿌린들 어떠랴? 길모의 앞에는 류설화가 앉아 있는 것이다.

"복채로 괜찮았어요?"

식사가 끝나자 류 약사가 물었다.

"네, 육질이 좋은데요."

"그럼 이제 말해주세요."

"네?"

"관상이요. 한 가지 말할 게 있다면서요?"

"아, 그거요?"

"사실 외삼촌은 남자들 작업이라고 나가지 말랬어요. 홍 부장님이 그럴 리도 없지만 만약 작업이면 외삼촌이 그냥 안 있을 거예요. 이러면 경고가 되나요?"

그녀가 웃자 가지런한 흰 이가 살포시 드러났다. 그것만으로도 길모는 정신이 아득해지는 걸 느꼈다. 정신줄을 잡으려고, 일단 물컵부터 비워 버렸다.

"뭐예요? 나쁜 건 아니죠?"

류 약사가 다시 물었다. 주황빛 조명이 번져 가는 그녀의 얼굴은 빤히 보기 어려웠다. 길모는 또 물컵을 집어 마지막 한 방울까지 짜냈다.

"제 말 잘 들으세요."

길모는 마음을 다잡으며 말문을 열었다. 류 약사의 시선은 길모의 눈에서 떨어지지 않았다.

"여기요, 여기가 관상에서는 인당이라고 하거든요."

길모는 자기 콧뿌리 위를 짚었다. 애당초 그 손은 류 약사의 얼굴로 향했었지만 차마 자기 얼굴로 돌아온 것이다.

"인당요."

"그리고 여기 광대뼈 쪽은 관골……."

"관골……."

"류 선생님 눈에는 안 보이겠지만 거기에 나쁜 기운이 서렸어요."

"어머!"

"관상에서는 그쪽 낯빛이 나쁘면 타인의 모함이나 계략에 빠질 상입니다."

"모함이라고요?"

"조금만 가까이요."

길모가 손짓하자 류 약사의 얼굴이 다가왔다.

"며칠 안 남았어요. 잘 생각해 보시고 꺼림칙한 게 있으면 대비하세요."

"어머, 어머!"

"사실 마 약사님 얼굴에도 조금 그런 빛이 있는데 처방 하나

드려도 되요?"

"무슨……."

"마 약사님 구두쇠죠? 주머니에 들어가면 절대 내놓지 않
는……."

"맞아요. 짠돌이, 짠돌이, 그런 짠돌이가 없어요."

"자선 베푸셔야 운이 더 트여요. 그럼 하는 일이 더 잘될 거예
요."

"어머, 저도 가끔 그 말 드렸는데……."

"제 말 명심하세요. 수일 내예요. 분명 누군가 류 약사님 해
코지하려 들 거예요."

"정말이죠?"

류 약사가 눈을 부릅뜨며 물었다.

"네, 하늘에 맹세코."

길모는 잘라 말했다. 비록 관상을 빌미로 이 자리에 섰지만
관상만은 틀림없는 사실이었다.

"아무튼 고마워요. 이제 그만 일어나요. 우리 외삼촌 아까부
터 안달이시네요."

핸드폰을 확인한 류 약사가 말했다. 마음이야 밤새 이렇게 있
고 싶었지만 현실은 현실. 이제는 일어나야 할 시간이었다. 길
모는 아쉬움을 뒤로 하고 음식점을 나왔다.

"음료수 사서야죠?"

류 약사가 신용카드사에서 보낸 문자를 확인하며 물었다.

"아, 아뇨. 오늘은 물을 많이 마셔서… 그리고 남은 것도 있

어요."

거짓말이다. 괜히 마 약사 보기가 부담스러운 길모였다.

"그럼 수고하세요."

류 약사는 만복약국을 총총 걸음을 옮겼다. 그러다 차가 지나가는 동안 길모를 돌아보며 입을 열었다.

"홍 부장님, 그 옷 잘 어울려 보여요."

그 말이 메아리를 이루는 동안에 약국이 류 약사를 삼켜 버렸다.

'잘 어울린다고?'

길모는 가만히 자기 옷을 훑어보았다. 조금 전까지만 해도 어색하게 느껴졌던 하얀 옷과 하얀 구두……. 갑자기 급좋아지기 시작했다.

'어떤 놈이건 우리 류 약사 해코지하기만 하면…….'

길모는 사방을 바라보며 눈을 부라렸다. 그 사이에 어둠이 살포시 내려앉았다.

이틀 후에 류 약사 사건이 터지고 말았다. 보건소 공무원들이 만복약국에 들이닥친 것이다. 그들은 약국을 헤집고 돌아갔다.

'임의 처방과 호객 행위, 약사의 처방 임의 변경.'

표면적인 이유는 그것이었다. 류 약사가 임의 처방을 하고 호객 행위를 했다는 것이다. 의사의 처방을 마음대로 바꿔서 약을 줬다는 것도 이유 중의 하나였다.

문제는 마 약사가 아니라 류 약사를 적시했다는 점. 누군가

고의로 류 약사를 노리고 있다는 반증이었다.

길모가 출근표에 사인하듯 약국에 들렀을 때 약국의 분위기는 헐렁했다.

'액운이 다가왔군.'

길모는 본능적으로 알았다. 마 약사는 어이없다는 표정이고 류 약사 역시 한숨을 내쉬고 있었다. 길모는 알아서 음료수를 집어 들었다.

"여기요."

음료수 값을 아는 길모는 테이블 위에 돈을 올려놓았다. 약국 기류로 보아 뭐라고 말을 꺼내기 어려운 분위기였다.

"이봐, 홍 부장!"

막 돌아설 때 마 약사가 길모를 불렀다. 길모는 말없이 고개를 돌렸다.

"홍 부장 관상이 딱 맞았어."

"……"

"살다보니 이런 날도 생기네."

"……"

"관상으로 맞췄으니 비방(秘方) 같은 거 없어?"

"무슨 일이신지 알아야……."

길모는 조심스럽게 입을 열었다.

"저 옆 건물 약국 있잖아? 거기 김 약사가 소송을 거신다네."

"네?"

"우리 겁주려고 보건소에도 찔러서 약국도 뒤집고 갔어. 뭐 얼굴 마담 약사를 내세워서 호객 행위한다나?"

"얼굴 마담요?"

잠잠하던 길모 마음에 파문이 확 일었다. 얼굴 마담이라니?

"하긴 그동안 잠잠한 게 수상하다 했지."

마 약사의 입에서 한숨이 거푸 밀려나왔다.

문제는 류 약사였다.

가까운 곳의 미미약국. 그곳 약사는 50대 후반의 여자다. 원래는 그 건물에 의원급 병원이 네 개가 있었다. 그런데 그중 세개가 마 약사의 건물로 이사를 왔다. 그쪽 건물주가 임대료를 올린 반면, 마 약사는 올리지 않았던 것이다.

발단은 그게 시작이었다.

김 약사는 마 약사에게 배팅을 했다. 원래 그 병원이 자기 거래처였으니 자기 약국을 만복약국 옆으로 옮기게 해달라는 게 그것이었다.

마 약사는 거절을 했다. 병원이 옮겨온 건 마 약사가 수작을 부린 게 아니기 때문이었다. 마 약사로서는 병원이 오면 수입이 늘어나니 굳이 임대료에 욕심을 내지 않은 것. 그 또한 족제비 상의 마 약사가 알뜰하게 돈을 모아 일찌감치 건물을 사 놓은 덕분이었다.

김 약사의 미미약국은 수입이 점점 줄어들었다. 그러다 보니 시비를 걸기 시작했다. 자기가 거래하던 병원에 찾아가 임대료 일부를 대주고 회식비 등을 대줄 테니 환자를 보내달라고 한 것이다.

가능한 일이다. 의사가 특정한 약을 처방하고 미미약국이 그 약을 가지고 있으면 된다. 동시에 일반약을 난매하고 조제료까지 할인하며 기세를 올렸다.

더불어 지인들을 만복약국에 보내 불법행위를 감시하도록 시켰다. 거기서 걸린 게 류 약사의 호객 행위였다.

약국의 호객 행위는 그 기준이 재미났다. 예를 들어 실제 호객 행위가 일어난다고 가정할 때 약국 안에서 일어나면 호객이 아니고 밖에서 일어나면 호객 행위가 된다. 드링크를 공짜로 주면 호객이고 커피나 기타 음료를 주는 건 또 호객이 아니다.

류 약사에게 시비를 건 건 류 약사가 한 발을 문 밖에 내놓고 약을 권했다는 것. 또한 환자가 약을 살 때 깜빡하고 드링크 하나의 값을 받지 않았다는 것 등이었다.

"그럼 미미약국이 더하는 거 아닙니까? 임대료 대주고 회식비 같은 거 주면 안 되는 거 아닌가요?"

길모가 물었다.

"문제는 그런 건 서로 알음알음 일어나니까 증거가 없다는 거야. 일반약 난매 같은 것도 단골에게 이루어지다 보니 알 수가 없고……."

"그럼 마 약사님도 첩자를 보내세요."

"첩자?"

"이에는 이, 눈에는 눈 아닙니까?"

"지금이야 약이 오르니까 그럴 생각도 있네만 당장 우리 류 약사가 문제라네."

"왜… 왜요?"

"진정이고 고발이고 전부 김 약사가 뒤에 있는 일이니까 보건소 직원들도 서로 화해하고 말라는데 저 인간 요구 조건을 들어줄 수가 있어야지."

"그렇군요."

"비방… 없겠지?"

"비방… 알려드려요?"

길모는 류 약사를 향해 시선을 돌렸다.

"있… 어요?"

류 약사가 고개를 들었다.

"제가 괜히 관상박사겠습니까? 찾아보면 있을 겁니다."

"그럼 좀 알려주세요. 후사할게요."

"그래. 있으면 좀 알려주게. 내 거하게 한턱 쏠게."

마 약사도 귀가 솔깃한 모양이다.

"진짜 쏘실 거예요?"

길모는 류 약사를 바라보며 물었다.

"그럼요. 약속할게요."

"좋습니다. 제가 수일 내로 해결해 드릴게요."

"수일 내로요?"

길모가 화끈하게 대답하자 류 약사는 다소 미심쩍은 표정을 지었다. 그러거나 말거나 길모는 거침없는 걸음으로 약국을 나섰다.

[형!]

"이거 들고 먼저 가게로 가라."

길모는 장호에게 음료수 박스를 던져 주었다. 그리고 내친 김에 미미약국의 문을 열어젖혔다.

"어서 오세요!"

미미약국의 보조는 20살 쯤 된 중국 동포였다.

이젠 어딜 가나 중국 동포다. 하긴 말해서 무엇할까? 높으신 분들의 말대로 글로벌 세상이 된 상황이다. 그런데 알고 보면 주변 '노동 시장만' 글로벌하다. 중국 동포부터 중국인, 필리핀, 베트남, 파키스탄, 네팔, 우크라이나, 캄보디아… 다양다종한 사람들이 주변에 들끓는다.

이들 나라에서는 한국어 교육이 열풍이란다. 한국에 취업하려면 한국어 시험을 통과해야 하기 때문이다. 오죽하면 어떤 룸싸롱에는 외국인 아가씨들이 더 많은 곳도 있다. 특히 베트남과 캄보디아, 필리핀 아가씨와 미시들이 많다.

그건 카날리아도 예외는 아니었다. 우선 승아가 있지 않은가? 승아 이전에는 베트남에서 온 아가씨가 근무했던 적도 있었다.

"어떻게 오셨어요?"

아가씨가 묻든 말든 길모는 안쪽을 바라보았다. 길모도 김 약사 얼굴은 알고 있다. 어쩌다 만복약국이 문을 닫는 날은 미미약국에 왔었기 때문이었다.

"약사님 어디 있죠?"

"안에서 조제 중이신데요?"

아가씨가 대답했다. 가만히 보니 손님은 거의 없었다. 병원이 문 닫을 시간이 가깝기도 했지만 다른 이유도 있었다. 미미약국은 건물 귀퉁이라 잘 보이지 않는 것이다. 그러니 길모처럼 전문약이 아닌 약이나 드링크, 피로회복제 같은 걸 찾는 사람도 자주 이용하지 않았다.

"김아기 님!"

잠시 후에 김 약사가 약을 들고 나왔다. 김아기? 길모가 두리번거릴 때 바로 뒤에 앉아 있던 백발의 할머니가 일어섰다. 바로 김아기 님이셨다.

'푸웃!'

웃음이 터지는 걸 간신히 참았다. 그리고 보니 이름은 잘 지어야 한다. 생각지 못한 곳에서 웃음거리가 될 수도 있으니까.

"뭐 드려요?"

김 약사가 길모를 바라보았다.

"피로해서 그러는데 제일 비싼 음료수가 뭐죠?"

"비싼 거라면 산삼배양액 들어간 게……."

"그거 네 통 주세요."

"네 통요?"

김 약사의 눈이 휘둥그레졌다.

"그리고 영양제도 살 수 있나요?"

"그럼요. 드려요?"

"네, 주세요!"

길모는 시원하게 대답했다. 팍 구겨졌던 김 약사 얼굴이 펴지는 게 보였다.

"그런데……."

그 사이에 관상을 읽어낸 길모가 슬슬 작업 신공을 펼치기 시작했다.

"선생님 관상이 좀 안 좋네요."

"네?"

영양제 박스를 꺼내던 김 약사가 돌아보았다.

"요즘 집안에 액운이 있지요?"

"그게 제 관상에서 보여요?"

"말씀드려도 되요?"

길모는 아가씨를 의식하는 척하며 소리 낮춰 물었다.

"말해보세요. 그렇잖아도 요즘 속상한 일이 많아서 점이라도 보러갈까 생각하던 참인데……."

"부군께서 이혼하자고 하시죠?"

"어머!"

놀란 김 약사가 손에 든 영양제를 떨구고 말았다. 얼굴 양쪽 광대뼈 관골에 번져가는 검은 기운, 그건 부부의 애정에 적신호가 왔다는 의미였다.

"그리고… 전호후랑(前虎後狼)……."

길모는 잠시 뜸을 들였다가 뒷말을 이었다.

"네?"

"호랑이를 막으니 이리가 들어오는구나. 미릉골에서 시작된

어두운 금이 코 등성이까지 치고 뻗었으니 필시 쌍을 이룬 우환이라… 이마의 보골까지 흰빛이니 필시 부모가 크게 탈이 날 상입니다."

"……?"

"부모님은 오늘 안에 탈이 있을 것이니 마음의 준비를 하는 게 좋겠습니다."

길모는 정중히 설명했다.

"세상에나, 완전히 족집게시네. 우리 아버지가 지금 중환자실에 계신데……."

"험험!"

"그게 오늘이란 말인가요?"

"예, 밤 8시경이 될 겁니다."

"남편은요? 그것도 알 수 있나요?"

여자들은 관상에 관심이 있는 사람들이 많다. 약사도 예외는 아닌 모양이었다. 김 약사가 묻자 길모는 그녀의 코를 다시 보았다. 콧등은 날카로웠다. 하지만 아주 칼등은 아니었다. 잘하면 쓸쓸함을 면할 수도 있어보였다.

"그건 선생님 하기 나름일 것 같습니다만……."

"하기 나름이라면?"

"상을 보니 주변 사람들과 분란이 있어 탁한 기운이 가득합니다. 관상은 본래 심상이 우선이라 하였으니 마음을 잘 쓰시면 막아질 듯도 합니다만……."

"그, 래요?"

김 약사가 맥없이 대답했다.

"자식이 한 명 있지요?"

"네? 네……."

"서른한 살이군요."

"어머!"

감탄은 한쪽에서 주워듣고 있던 아가씨에게서 나왔다.

"혹시 이분인가요?"

길모의 손이 책상 위의 작은 사진을 가리켰다. 작은 액자에 담긴 사진이었다.

"네……."

"잠깐 봐도 될까요?"

길모가 말하자 김 약사는 군말 없이 액자를 건네주었다.

"기린상이군요. 관상이 시원합니다. 콧대가 선생님을 닮아 운을 망칠 뻔했지만 콧방울이 튼튼한 게 빠져나가는 운을 잡았습니다. 눈썹뼈 주변의 미릉골 주변이 밝아 올해나 내년에 관운을 얻고 십 년 안에 전성기를 떨칠 거 같습니다."

길모는 사진의 눈썹을 바라보며 말했다.

"세상에나, 우리 딸이 지금 행정고시 준비 중인데……."

"하지만!"

길모는 그쯤에서 살짝 만죽을 걸었다.

"이 또한 선생님의 심상에 달렸습니다. 모쪼록 마음을 곱게 쓰시면 관상대로 될 것이요, 그렇지 않으면 운을 막을 것입니다. 모쪼록 새겨들어 주시기 바랍니다."

"······!"

길모가 말을 맺었지만 김 약사는 넋 나간 표정으로 뭐라고 말을 하지 못했다.

"얼마죠?"

길모, 할 말은 끝났으니 이제 나갈 차례였다.

"다 해서 22만 원이에요."

대답은 아가씨가 대신했다.

"그냥 가세요."

길모가 지갑을 꺼낼 때 김 약사의 입이 열렸다.

"네?"

"그냥 가시라고요. 약값은 복채로 대신할게요."

김 약사가 손짓을 했다. 22만 원. 사실 길모의 복채로는 약소했다. 부모의 우환도, 딸의 관운도, 심지어는 이혼 문제도 전부 사실이었기 때문이었다.

"그럼 수고하세요."

길모는 가벼운 인사를 두고 밖으로 나왔다.

'잘될까?'

미미약국 앞에서 잠시 돌아보는 길모. 관상에 따라 그녀에게 벌어질 일은 벌어질 것이다. 하지만 심상에 대한 말을 어떻게 받아들일지는 오롯이 김 약사의 마음이었다.

길모는 빙 돌아 걸었다.

류 약사 때문이었다. 그렇잖아도 미미약국 일로 심난할 그녀. 그런데 거기서 나온 길모가 약을 한 보따리 들고 가는 걸 보면 마음이 편할 리 없을 것 같았다.

[우와!]

"우와아!"

"와아!"

길모가 영양제와 음료수를 한 보따리 내려놓자 장호와 보조들, 오 양까지 입을 쩌억 벌렸다.

"실컷 마셔라!"

길모, 남의 것을 가지고 인심 한 번 제대로 썼다.

                    *   *   *

김치찌개!

무려 김치찌개였다.

[와아!]

맛깔스러운 찌개가 나오자 장호가 감탄을 했다. 어제는 동태찌개, 오늘은 김치찌개. 되는 대로 해장국을 먹거나 라면으로 때워 온 길모와 장호에게는 진수성찬이 따로 없었다.

[형, 밥 대놓고 먹기를 잘했죠?]

장호는 게걸스럽게 퍼 넣었다.

"천천히 먹어라."

[이 집 아줌마 맛도 괜찮고요. 음식 전부 아줌마가 직접 한대요.]

"그래……."

[아, 요즘은 속이 편하다니까요.]

그건 길모도 그랬다. 김이 모락거리는 밥에 몇 가지 반찬들. 그게 이렇게 속을 편하게 만들 줄을 몰랐다.

뚝딱 밥을 비우고 있을 때 전화기가 울렸다. 윤표였다.

"먼 데 아니면 이리 와라."

길모가 말하자 10분여 만에 윤표가 날아왔다. 특급 라이더이기에 가능한 일이었다.

"밥 먹을래?"

"그럼 땡큐죠."

윤표는 넉살좋게 자리를 비집고 앉았다.

"뭐 좀 나왔냐?"

밥과 찌개가 추가되자 길모가 물었다.

"말도 마세요. 그 인간 완전 악질이에요."

윤표의 입에서 파편이 튀었다.

[야, 밥 튀잖아?]

"미안, 하도 열 받아서……."

윤표가 잘라 말했다. 길모는 빈 컵에 물을 따라주며 귀를 기울였다. 그렇잖아도 궁금하던 차상빈의 소식이었다.

"어제도 그렇지만 오늘은 열 받아 죽는 줄 알았어요. 그 자식 여고생 애들하고도 그 짓을 해요."

[엑? 미성년자하고도?]

"천천히 설명해 봐라."

길모는 딱히 놀라지 않았다. 그의 간문에 낀 난잡함을 알고 있었기 때문이었다. 그렇다고 해도 미성년자까지는 좀 뜻밖이었다.

"그 인간이 가난한 학생들 장학금이랍시고 주고 있나 봐요. 그 핑계로 둘이나 건드렸어요. 그것도 오늘 하루에만요."

[헐!]

흥분한 장호가 테이블을 내려쳤다. 길모는 장호에게 주의를 주었다.

지금은 집중할 때였다.

"어제는 그래도 여대생이었거든요. 하여간 물개도 아니고 날마다 틈만 나면 여자 사냥이에요."

"다른 일은?"

"가끔씩 사람들 만나요. 척 봐도 양아치에 질 안 좋은 인간들인데 무쟈게 족쳐 대더라고요."

"다른 거처는 없더냐?"

길모가 물었다. 그건 좀 궁금한 일이었다.

"빌라가 주 활동 무대고요, 사무실에도 나가고요."

"사무실?"

[그럼 그 인간이 빌라 들어가면 운짱은 뭐하는데?]

장호가 수화로 물었다.

"운전석에서 대기."

[흐미!]

"말 마라. 그 여자는 보기만 해도 닭살 오싹이다."

[흐미, 나도…….]

"만나는 사람들은 좀 찍어왔냐?"

"다는 못 찍고 일부는 찍었어요. 어떨 때는 환경이 안 좋아서……."

윤표가 핸드폰을 내밀었다. 얼굴이 작아 자세히 볼 수는 없지만 상당수가 중국인이나 조선동포처럼 보였다.

"이건 뭐냐?"

길모의 눈이 한 화면에서 멈췄다. 차상빈이 어린 아가씨 둘을 만나는 사진이었다. 하지만 너무 멀어 상황만 보일 뿐이었다.

"여고생인지 여대생인지 모르겠어요. 잠깐 만나고 가길래 또 작업인가 하고 찍었는데 바로 헤어지더라고요."

뒤쪽 배경은 산뜻한 오피스텔이었다.

"이거 오피스텔이지?"

길모가 물었다.

"네."

"여기도 이 인간 활동 무대?"

"입구에서 만났는데 들어가지는 않아서 잘 모르겠어요."

윤표가 대답했지만 길모는 왠지 여자들이 마음에 걸렸다.

"이 여자들 사진 한 장 박을 수 있겠냐?"

"뭐, 거기 사는 거 같았으니까 가능해요. 박아서 쏴드려요?"

"가능하면 이 인간 주변도 좀 찍어오고."

길모는 회장 명함을 꺼내보였다. 윤표가 그걸 샷으로 찍었다.

"더 붙지 않아도 되요?"

밥을 비워낸 윤표가 물었다.

"일단 사진까지만."

길모는 상황을 정리했다. 너무 오래 붙는 건 위험을 수반하는 일이다. 게다가 윤표가 심판자가 될 것도 아니니까.

'어떻게 요리할까?'

옥탑방으로 돌아온 길모는 잠시 생각에 잠겼다.

배신을 겪은 차상빈. 신경이 날카로워져 있다.

주변 사람들을 족치는 게 그 증거 같았다. 하지만 그렇다고 마음이 편해질 리는 없었다. 그건 관상에서 드러나듯 그의 인생에서 피할 수 없는 일이기 때문이었다.

'배신과 여자.'

차상빈의 인생에서 뗄 수 없는 두 가지 화두. 길모는 그걸 이용해야 했다. 그리하여 그 사악하고 패악무도한 인간에게 처절한 심판을 내려야 하는 것이다. 호영의 부모와 뭇사람들이 흘린 피눈물을 단칼에 안겨줘야 하니까.

한잠 눈을 붙이고 일어난 길모는 몇 군데 마케팅 문자를 날리고 파쿠르로 몸을 풀었다. 흘러내렸던 근육들이 조금씩 제자리로 돌아오는 게 느껴졌다.

빈익빈부익부(貧益貧富益富)!

샤워를 하면서 길모는 생각했다.

세상이 이렇다. 잘나가는 놈은 계속 잘나가고 어려운 놈은 뒤로 자빠져도 코가 깨진다. 길모 역시 그랬다.

만약 여전히 찌질한 진상 처리 전문 웨이터로 인생 탓이나 하며 살았다면 몸 관리 같은 걸 했을 리 없었다. 지금도 아마 술에 쩔어 자고 있을 게 뻔했다.

누런 빤쓰 하나 걸치고 때 같은 살비듬을 벅벅 긁어대면서.

출근 길.
일부러 미미약국 앞으로 지날 때였다. 길모 눈에 흰 종이가
들어왔다.
"야, 잠깐 스톱이다."
길모는 장호의 오토바이를 세웠다. 미미약국은 셔터가 내려
와 있었다. 그리고 그 위에 안내문 종이가 날씬하게 붙어 있지
않은가?

喪家, 부친상으로 3일 쉽니다!

부친상. 김 약사의 아버지가 죽은 모양이었다.
끼익!
오토바이는 만복약국 앞에서도 섰다. 장호의 배려(?)였다.
"오늘은 통과다."
[왜요?]
"그냥……."
[형이 미미약국에 손쓰기로 했다면서요? 류 약사님이 궁금해
하실 텐데…….]
"그래도 오늘은 통과. 어차피 어제 공짜로 얻어간 음료수도
많잖냐?"
[흐미, 살다 보니 참새가 방앗간을 그냥 지나가는 날도 있네.]

"뭐야?"

[아, 아뇨. 농담…….]

카날리아 앞에서 내릴 때 전화가 들어왔다. 혜수였다.

―병원에 들렀다 가는 길이에요. 아가씨 모자라면 저 리허설 시키셔도 돼요.

"리허설?"

―연습 말이에요. 거기 분위기도 익힐 겸…….

"됐어. 에이스는 에이스답게 데뷔해야지."

―쳇, 싫음 말고요.

통화하는 사이에 또 다른 전화가 들어왔다.

"……?"

발신자를 본 길모의 머리카락이 삐죽 솟구쳤다. 기다리던 그 전화. 바로 차상빈이었다.

"잠깐만!"

길모는 차상빈의 전화부터 땡겨 받았다.

―이따 11시쯤에 룸 비워둬!

첫 마디부터 명령조였다.

"11시는 예약 있습니다. 9시에 오시죠."

―그렇게 잘나가나?

"내일 11시는 가능합니다."

―9시에 가지. 그런 줄 알아.

차상빈은 한마디를 남기고 통화를 끝냈다. 황제가 따로 없었다.

'차상빈…….'

그리고 채혜수…….

차상빈의 운명, 배신과 여자…….

몇 가지 생각이 정리되는 순간, 길모는 마음이 바뀌었다. 길모는 통화 대기 중이던 혜수에게 이렇게 말했다.

"좋아, 오늘 리허설하자고!"

사냥감이 제 발로 납신다니 제대로 맞아주고 싶었다. 놈의 관상에 떡하니 박힌 운명대로!

제8장

스페셜 오더

리허설!

본래 길모는 두 에이스의 데뷔를 화려하게 구상하고 있었다. 3대 천황에게 꿀리게 하지 않으려는 의도였다. 어떤 측면에서는 민선아나 안지영, 윤창해에게 뒤지는 측면도 있지만 부분적인 매력은 압도적이었기 때문이었다.

하지만 세상만사는 모두 변하는 것. 관상도 변하는 마당에 그깟 계획쯤 변하는 게 대수랴. 길모는 혜수를 차상빈에게 선보일 작정이었다.

그것도 아주 짧은 시간 동안. 말하자면 애간장을 녹이려는 것이다.

[에? 혜수 누나가 오늘 데뷔한다고요?]

"데뷔가 아니고 리허설."

[엎치나 메치나.]

"다른 거다. 오늘은 잠깐 선만 보일 거니까."

[누구랑 붙이려고요?]

"차상빈!"

[에, 왜 하필이면 그 말종하고?]

장호의 눈이 휘둥그레졌다.

"말종 안구 좀 정화해 주려고 그런다. 왜?"

길모는 그것으로 설명을 끝냈다.

첫 손님은 2번 룸에서 맞았다. 1번 룸에 넣어도 될 손님이었
지만 길모는 비워두었다. 그렇다고 차상빈이 뭐 위대해서 1번
룸을 비운 건 아니었다.

호영의 한이 된 타락한 군상 차상빈. 그는 반드시 1번 룸을 통
해서 파멸시켜야 할 것 같았던 것이다.

9시!

차상빈은 오지 않았다.

—안 와요.

밖에서 차를 기다리던 장호가 문자를 보내왔다.

—기다려라.

길모도 문자로 답했다.

—혜수 누나는요?

—스타는 나중에 등장하는 법이잖아? 거기 커피전문점에 대기
중이야.

9시 30분.

기다리다 지친 장호가 결국 안으로 들어왔다.

[전화해 봐요.]

장호가 재촉했지만 길모는 신경 쓰지 않았다. 왕은 앉아서 기다리는 법. 차상빈 따위에게 조바심을 내서야 호영이 꿈꾸는 세상을 이룰 자격이 없었다.

9시 40분.

밖에서 손님을 배웅하던 승만이 뛰어 들어왔다.

"홍 부장님, 손님이라는데요?"

'왔군.'

길모는 그제야 빙그레 미소를 머금었다.

차상빈!

길모는 극진히 그를 맞이했다. 미우나 고우나 손님. 맞이하고 배웅하는 데는 차별을 두지 않았다. 뒷문을 열고 선 여자의 자태는 여전했다. 군살 하나 없는 몸매에 담담한 눈. 한이 가득하지만 잘 눌러 참고 있는 표정이었다.

"들어가시죠."

길모가 1번 룸을 열었다. 차상빈은 거만하게, 마치 점령군이 입성하듯 들어섰다.

"술 가져와. 그날 마신 걸로."

소파에 앉은 차상빈. 몸을 비슥하게 돌린 채 다리를 꼬며 말했다.

"죄송하지만 9시 예약 손님은 세팅을 제게 맡기셔야 합니다."

"누구 마음대로?"

"원치 않으시면 다른 웨이터 담당 룸으로 옮겨드리겠습니다."

"지금 장난하나? 내가 대한민국 룸싸롱 출입 20여 년에 그런 법은 들은 적 없어."

어련하실까? 길모는 실소를 삼켰다. 하는 일이 남 등 후리는 거라면, 그래서 긁어모은 돈이라면 룸싸롱 출입은 이골이 났을 판이었다.

그때였다. 홑복으로 갈아입은 혜수가 문을 열었다. 동시에 룸 입구가 환하게 밝아졌다. 과연 관상왕의 1번 룸을 쥐락펴락할 황녀다운 기세였다.

"잠깐 나가 있어. 손님이 다른 룸으로 가실 모양이야."

"아, 아니 잠깐!"

혜수가 가벼운 묵례를 두고 돌아설 때였다. 차상빈의 목소리가 혜수의 발목을 잡았다.

"콜!"

그 말과 함께 차상빈은 혜수에게 손짓을 날렸다. 들어오라는 사인이었다.

'그럼 그렇지.'

길모는 회심의 미소를 감추고 다음 말을 이었다.

"이 아가씨는 스페셜한 손님만 모시는 아가씨입니다. 오늘은 예약이 많아 30분만 허용되는데 괜찮겠습니까?"

"뭐야? 30분?"

"다른 아가씨는 2시간도 됩니다만……."

팔딱 뛰어오른 차상빈의 눈빛에 길모가 맞섰다. 두 눈빛이 허공에서 강력하게 충돌했다. 승자는 길모였다. 혜수를 바라본 차상빈이 끄응 신음을 토하며 고개를 끄덕였기 때문이었다.

채혜수.

차상빈의 마음을 끌었다. 길모의 여신이 차상빈 옆에 앉는 순간이었다.

"받아라!"

혜수를 옆에 낀 차상빈이 술병을 들었다. 길모는 공손히 잔을 받았다.

"홍 부장 덕분에 내가 수고 좀 덜었어. 관상 실력 쓸 만하더군."

"도움이 되었다니 기쁩니다."

이번에는 길모가 차상빈의 잔을 채워주었다.

"뭐 다른 건 없나? 내 관상에?"

"죄송합니다만 복채가 없으면 관상신이 응답하지 않는지라……."

길모는 넌지시 복채를 요구했다. 차상빈은 지갑을 꺼내 500만 원 수표를 내놓았다.

"지난번에 보니 내 아이들까지 죄다 알아맞히더군. 사실 섬뜩했어."

"송구하지만 그때는 지인이 계셔서 일부만 말씀드렸습니

다만……."

"일부라고?"

느긋하던 차상빈의 눈가에 긴장이 스쳐 갔다.

"사실 다섯이 아니죠."

길모는 빙그레 웃으며 차상빈을 조여갔다.

"무슨 말인가?"

"다섯은 세상에 태어난 아이고 그렇지 않은 아이들까지 합치면 모두 열하나입니다만……."

"……?"

술잔을 들고 있던 차상빈의 손이 파르르 떨었다. 열하나… 그 또한 틀림이 없었다. 아이를 낳지 않고 낙태를 한 게 모두 여섯 번이기 때문이었다.

"자네……."

차상빈의 눈에 핏발이 곤두섰다. 길모는 공손한 듯 당당한 시선으로 느긋하게 분위기를 즐겼다.

"이사장님의 운은 백척간두 위의 보석입니다. 지금까지는 운이 받쳐 줘서 질곡의 시간을 잘 건너왔지만 앞으로는 선행을 하지 않으시면 그동안 쌓인 인연들의 원성이 높아 일마다 걸림돌이 될 것 같군요."

"등을 치려던 놈들을 다 정리했는데도 말인가?"

"내일 또 닥쳐 올 액운이 있습니다."

"……?"

"이번에는 남쪽이군요. 마음에 걸리는 곳이 있으면 서둘러

대비하시기 바랍니다."

"남쪽이면 부산의 오작순 그놈……."

차상빈이 날을 세웠지만 길모는 모르는 척 변죽을 울렸다.

"인연은 날마다 피고 지는 것이니 어찌 한 칼에 정리될 수 있겠습니까? 그건 죽음에 이르러서도 한동안 끊지 못하는 일입니다."

"협박을 하는 것인가?"

"나온 관상이기에, 복채 값을 하려고 말씀드리는 것뿐입니다."

"박 총회장, 그놈의 관상도 봐주었나?"

차상빈이 길모를 바라보았다.

"그분은 관상에 관심이 없더군요."

"그래도 자네가 보았을 거 아닌가? 쫄딱 망할 관상이었나?"

"죄송하지만 복채를 내지 않은 분 관상은 보지 않습니다."

길모는 가볍게 부인해 버렸다.

"그럼 구봉학이 그놈은?"

"구봉학이라면?"

"나하고 왔던 회장이라는 놈 말이야."

그놈… 회장이라는 놈. 길모의 머리가 핵핵 회전을 했다. 그러니까 딱히 동지는 아닌 모양이었다. 하기사 이런 부류의 인간들에게 동지가 있을까? 그저 이해관계에 따라 이합집산을 할 뿐.

"죄송하지만 그분도 제 고객입니다. 웨이터는 고객 각자의 체면을 지켜줄 의무가 있습니다."

길모가 주저하자 차상빈은 100만 원 수표 한 장을 더 올렸다.

"감탄고토(甘呑苦吐)하시면 될 것 같습니다."

"필요하면 손을 잡고 아니면 내쳐라?"

"……."

길모는 침묵으로 동의를 했다. 적어도 입으로 말하지는 않음으로써 회장의 체면도 지켜주는 모양새를 갖추는 것이다.

"정확하군. 그놈은 계륵 같은 놈이니……."

"……."

"마지막으로 내 자식 운이나 좀 봐주게. 한참 때는 몰랐는데 나이 먹으니 잡생각이 들어서 말이야."

"그러지요."

길모는 눈을 지그시 감았다 뜬 후에 자녀궁인 와잠을 바라보았다. 사실 이미 본 관상이지만 뜸을 들이는 건 신뢰 형성을 위해서였다.

"둘은 애지중지요 셋은 천하냉대박대라. 둘의 웃음 높은 곳에 셋의 피눈물이 서리고 있습니다. 셋의 마음도 두루 돌봐주시는 게 좋을 것 같습니다."

"아니면 이 애비의 등에 칼이라도 꽂는단 말인가?"

"관상에서는 관상보다 심상이라고 말합니다. 어떤 고난도 마음씀씀이에 따라 극복할 수 있는 법이죠."

"그럼 대성할 아이는 있나?"

대성할 아이!

자식 덕을 묻는 것이다.

길모의 눈이 다시 자녀궁 와잠으로 옮겨갔다.

풀썩 꺼진 모양에 잔주름과 가무잡잡한 느낌…….

자녀궁은 부모궁을 나타내는 이마와 말년운을 나타내는 입 쪽으로 연결이 되는 곳. 자녀가 잘되어야 노년운이 좋은 건 당연한 이치였다.

"자녀운은 나쁘지 않군요. 잘 밀어주시면 대성할 수 있을 겁니다."

길모는 거꾸로 말했다. 다섯 모두에게 애정이 없다면 모를까 일부 애정을 가진 아이가 있으니 나쁘게 말해서 득이 될 게 없다는 판단이었다.

"그게 단가?"

차상빈이 물었다. 만족하지 못한다는 의미였다.

'그럴 줄 알았지.'

이미 예측하고 있던 길모는 피식 미소를 머금은 채 천천히 입을 열었다.

"자녀 중에 연예인이 나올 거 같습니다. 아직은 준비 단계지만 일념통암이면 파벽비거할 것이니 잘 북돋아주시기 바랍니다."

"옳거니, 우리 애들이 연예인이 꿈인데 족집게로군."

굳어 있던 차상빈의 얼굴이 활짝 펴졌다.

복도로 나오자 장호가 다가왔다.

[어떻게 해요?]

"뭘?"

길모는 시치미를 뚝 잡아뗐다.

[저 인간 말이에요.]

"그냥 모셔. 손님이니까."

[형!]

"못 들었냐? 오늘은 그냥 손님!"

길모는 더 말하지 않았다.

반시간 가까이 되자 술이 한 병 더 들어갔다. 확실히 혜수가 마음에 들었다는 뜻이었다. 그렇지 않다면 아가씨를 교체해 달라거나 갔을 가능성이 높았다. 길모도 그에 화합해 원래 30분으로 못 박았던 시간을 좀 더 허용해 주었다.

'한 시간!'

2번 룸에서 주문을 받고 나온 길모가 시간을 확인했다. 이제는 끊을 시간이었다.

"장호야!"

길모가 주방에서 나오는 장호를 불렀다.

"안에 그림 어떠냐?"

[그 인간이 뻐꾸기 좔좔 날리고 있어요.]

"피아노 같은 건 안 치고?"

[뻐꾸기만 열라 날리던데요? 혜수 누나 보기보다 선방이에요.]

"당연하지. 우리 에이슨데."

길모가 웃었다.

사실 첫 출근 아가씨들은 손님들에게 당하는(?) 경우가 많았다. 처음이다 보니 경험이 없기 때문이었다. 심한 전투로 내상을 입은 경우에는 아예 그만두는 경우도 생긴다. 특히 룸 빠꼼이들을 만나면 더욱 그럴 가능성이 높았다.

　그래서 업소에서도 첫 출근 아가씨는 일대일로 입실시키지 않는다. 일단 다른 아가씨들과 함께 넣어 분위기를 익히게 하는 것이다.

　그런 면에서 보면 길모의 시도는 다소 무리수였다. 하지만 길모는 믿었다. 그녀의 얼굴에 새겨진 관상. 그에 의하면 혜수는 남자를 쥐락펴락할 매혹적인 매력을 가졌기 때문이었다.

　"즐거운 시간 되셨습니까?"

　큼, 침을 넘긴 길모가 1번 룸으로 들어섰다. 이미 짐작을 했는지 차상빈은 군말 없이 계산서를 받았다. 그 또한 혜수에게 매너 있는 손님으로 남고 싶은 위장이 분명했다.

　아가씨에게 홀딱 반한 손님. 그러면서 재력이 있다면 대개는 2~3일쯤 후에 다시 찾아온다.

　'그것도 반드시!'

　길모는 경험상 확신하고 있었다.

　"이사장님!"

　차상빈이 막 룸을 나설 때였다. 혜수가 따라나와 핸드폰을 내밀었다.

　"제 것과 전화기가 바뀐 거 같아요."

　"어? 그래?"

차상빈은 핸드폰을 바꾸었다.

부웅!

세단이 떠나자 장호가 먼저 푸념을 쏟아냈다.

[저 운짱 여자 진짜 살벌하다니까요.]

"혹시 반한 거?"

[아, 진짜 형도 꼭 말을 해도······.]

"어땠어? 리허설······."

이번에는 혜수를 보며 묻는 길모.

"시시했어요. 사실 굉장히 긴장했는데······."

혜수는 어깨를 으쓱해 보였다.

[으악, 시시해요? 누나 진짜 짱이다.]

장호는 그새 또 자지러진다. 업소 경험자도 아니고 일반 회
사, 그것도 대기업 물을 먹던 여자가 첫 룸에서 시시했다고 하
니 놀랄 만도 했다.

"짓궂게 피아노 같은 거 치지는 않고?"

"아주 신사인 척··· 웃겨 죽는 줄 알았어요."

'그놈은 노련하니까.'

길모는 알 것 같았다. 원래 진짜 작업꾼들은 당당하다. 초짜
들처럼 나 미혼인데, 별거 중인데 하는 저렴한 뻐꾸기는 날리지
않는다.

'결혼해서 최선을 다하고 있지만 와이프가 따라주지를 않
아.'

그들은 기본적으로 이런 초식을 쓴다. 자식들에게는 자상하

고 와이프에게도 최선을 다하는 아빠. 다만 마누라가 악독해서 외롭고 힘들 뿐.

이게 바로 중년 작업꾼들의 메뉴다. 아주 잘 먹힌다. 초짜들이 보기엔 노총각이나 돌싱 모드로 나가는 게 여자의 관심을 끌 것 같겠지만 모르시는 말씀. 그렇게 안 나가는 남자는 아가씨들도 쳐다보지 않는다. 고로 잘나가는 척해야 한 번이라도 더 쳐다보게 되는 것.

아무튼 혜수는 선방!

그것만은 확실했다.

"불적소류면 무이성강해(不積小流 無以成江海)라. 작은 물방울이 모여 강을 이루고 바다가 되는 것이니."

"천리지행 시어족하(千里之行 始於足下)다 이거로군요. 네 시작은 작으나 나중은 창대하리라?"

혜수는 태연히 길모의 말을 받았다.

길모가 바라보자,

"제자가 되려면 필요할 거 같아서 한문 책 좀 보고 왔거든요."

하며 생긋 웃어버리는 혜수.

[으아, 진짜 강적…….]

장호가 놀라는 사이에 혜수가 핸드폰 화면을 내밀었다.

"핸드폰 바탕에 깔린 사진요. 핸드폰 좀 체크해 보라기에 화장실 갔을 때 패턴 풀어봤는데 안 풀리더라고요."

화면에 깔린 사진은 두 학생의 얼굴이었다. 환하게 웃는 게 아버지와는 딴판이었다.

'애지중지 두 자식이로군.'

길모는 단숨에 눈치를 챘다. 우선 나이가 맞았다. 두 여학생의 나이는 척 봐도 스무 살 언저리였다. 나아가 그렇지 않다면 바탕화면에 올려둘 리가 없었다.

"리허설 끝났으니까 집으로 가. 데뷔전은 진짜 거하게 차려줄게."

화면을 찍은 길모가 말했다.

"흐음, 오늘은 일부러 손님을 골랐다 이거죠? 첫날부터 긴장 팍 시키려고."

"눈치 빠르네."

길모는 혀를 내둘렀다. 보기엔 빠꼼이가 아닌 것 같지만 혜수의 본능적 감각은 남달랐다. 역시 피가 땡기는 직업이 분명했다.

혜수의 귀가를 장호에게 맡긴 길모가 복도에 들어섰다. 2번 룸 손님들을 체크하고 나올 때 전화기가 울었다. 예약인가 했는데 윤표였다.

─형, 아까 연락한다는 게 피곤해서 깜박 졸았더니 벌써 시간이 이렇게 되었네요.

"왜?"

─사진 보내드려요.

"좋지. 고맙다."

―뭘요. 그까짓 거 껌이죠, 껌. 그 회장 쪽도 몇 커트 박았어요.

통화가 끝나기 무섭게 파일이 들어왔다. 장호도 돌아왔다.

[임수 완수!]

장호가 수화에 이어 거수경례를 올렸다.

"2번 룸에 들어가 봐라. 재떨이 비워야겠더라."

[알았어요.]

장호는 팔랑팔랑 움직였다.

복도 끝의 의자에 앉은 길모. 천천히 문자를 열었다. 그런 다음에 사진을 눌렀다.

"……?"

집중하던 길모의 눈이 무한 확장되었다.

'이거?'

놀란 길모가 또 다른 사진을 열었다. 혜수가 박아온 차상빈의 바탕화면 사진이었다.

"……!"

길모는 숨이 막혔다. 두 사진에 박힌 여학생들은 동일 인물이었다.

'차상빈의 애지중지……'

그들이 거기 있었다.

22층 오피스텔의 21층. 2122호가 그곳이었다.

차예은, 차지은.

그녀들의 이름을 확인하는 건 식은 죽 먹기였다. 22층 엘리베이터 앞의 우편함에 꽂힌 우편물 덕분이었다. 오피스텔은 통로가 길었다. 나아가 럭셔리했다. 차지은과 예은이 사는 방은 맨 끝의 소위 로열 칸. 창문이 남향인 데다 가장 큰 평수였다.

무려 31평.

나이 어린 여학생 둘이 살기에는 궁궐급이었다.

"전세는 씨가 말랐어요."

근처의 부동산 중개소에 들른 길모가 묻자 중개사는 손사래를 쳤다.

거기서 알게 되었다. 차지은의 방이 있는 쪽 칸이 31평이라는 걸.

"기준 평형은 전부 14평, 18평이에요. 뭐 로열 칸도 있긴 하지만 거긴 아닐 테고?"

길모를 훑어본 중개사가 말했다.

"로열 칸요?"

"왼쪽 남향으로 딱 12칸 나온 방이죠. 11층부터 22층까지… 저기 11층부터 녹색 타일 보이죠? 거기 방이 커 보이잖아요?"

중개사가 창밖을 가리켰다. 그러고 보니 그쪽 창문만 다른 곳에 비해 컸다.

"거긴 얼마인데요?"

"매물 없어요. 전세도 월세도… 13층에 임대가 나온 적 있는데 보증금 천에 월세 180만 원이었어요. 사무실 아니면 부담돼서 못 써요. 거기다 관비리 40만 원 정도 더하면……."

"아, 거기로 맨 꼭대기나 그 아래층이면 좋을 거 같은

데……."

길모는 슬쩍 옆구리를 찔러보았다.

"꼭대기는 퇴직한 은행장님 거라 매물 안 나오고 그 아래층은 한 번도 임대 매물 나온 적 없네요."

"그래요? 오피스텔은 원래 임대 많이 하는 거 아닌가요?"

"거기 소유주는 주거 목적으로 산 거 같아요. 내부도 새로 싹 갈아치웠거든요."

"그런 것도 다 아세요?"

"그럼요. 저기 몇 층 몇 호에 누가 사는지 무슨 색 빤쓰를 입고 다니는 지 전부 내 손바닥 안입니다."

"이야, 그럼 저 오피스텔에서는 변태 성매매 같은 거 못 하겠네요?"

"당연하죠. 우린 척 보면 압니다. 이 사람이 무슨 목적으로 방을 얻으려는 건지."

"그럼 저는……?"

"소호? 아니면 조그만 쇼핑몰?"

중개사가 실눈을 뜨며 물었다.

"어이쿠, 귀신이시네."

길모는 일부터 과장된 목소리로 맞장구를 쳐주었다.

"험험, 이래 뵈도 내가 관상도 좀 본다우."

"이야, 진짜요?"

"총각은 눈매가 서글서글한 걸 보니 사람 만나는 일을 해야 해. 쇼핑몰 하더라도 밖으로 돌아요. 그럼 운이 팍 풀릴 거외다."

"언제쯤 제대로 풀릴까요?"

재미가 생긴 길모가 고개를 빼들고 물었다.

"어디 보자… 명궁에 인당이오, 준두에 관골이라……."

중개사는 제법 관상 용어를 꿰고 있었다.

"결혼이네. 결혼을 해야 팍 풀려!"

"예?"

"결혼하라고. 결혼 안 하면 도긴개긴이라오."

"그럼 결혼 운은 언제?"

"어디보자 부부궁이 시원하니 올해냐, 내년이냐?"

"……?"

"아이코, 이런!"

그러다 손뼉을 치며 탄식하는 중개사.

"왜요?"

"내가 확정일자 받으러 가야해서 말이오. 다음에 봅시다."

중개사는 길모의 등을 떠민 다음 문을 잠그더니 부리나케 자가용에 올랐다.

'아, 진짜…….'

살짝 아쉬웠다. 딱히 관상전문가가 아닌 건 분명하지만 듣는 재미가 있었던 것이다.

'사람들이 이 맛에 관상을 보는 건가?'

자기 얼굴, 그 얼굴에 씌여진 운명. 하긴 누구라도 궁금할 일이긴 했다.

그때였다.

오피스텔 현관으로 두 자매가 나왔다. 속옷이 드러나기 직전의 극단적 똥꼬 치마를 갖춰 입은 묘령의 아가씨들. 나이 탓에 그럭저럭 봐줄 만은 했지만 예쁘다거나 매력적인 이미지하고는 거리가 멀었다. 길모는 슬쩍 지나가며 관상을 보았다.

천중은 나쁘지 않았다. 하지만 연예인이 될 상은 아니었다. 관상으로는 오히려 업소에 나갈 상에 속했다. 그것도 천박한 업소⋯⋯.

—형. 나도 가요?

장호의 문자가 들어왔다. 돌아보자 도로 건너편에 선 장호가 손을 들어 보였다. 길모는 답문을 보냈다.

—기다려!

오피스텔의 출입구는 총 여섯 곳이었다.

우선 현관 출입문. CCTV는 없었다. 오피스텔은 사생활 보장을 외치는 사람이 많다. 입주자 회의에서 요구하지 않으면 달 이유도 없었다. 그 옆에는 1층 상가로 들어가는 입구가 있다. 그리고 건물 좌우에 지하상가로 출입하는 계단이 있다. 거기도 카메라는 없었다.

나머지 두 군데.

지하주차장으로 들어가는 입출구에는 카메라가 보였다. 그리고 상가 뒤쪽으로 이어진 뒤쪽 노상 주차장에도 카메라가 있었다.

대신 입구 로비의 현관에 안내를 겸한 경비석이 있었다. 하지만 경비들은 착실하게 자리를 지키지만은 않았다. 그 옆 사각으로 세 대의 엘리베이터가 보였다.

'온 김에 살짝 체크해 볼까?

—나 입실한다.

엘리베이터에 오르면서 장호에게 문자를 보냈다. 지은과 예은이 돌아오면 신호해 달라는 의미였다. 2122호의 디지털 도어락은 단숨에 열렸다. 딜롱, 스프링이 잠금장치를 밀어내는 소리는 언제 들어도 상큼했다.

'오!'

방 안에 들어선 길모는 감탄을 쏟아냈다.

더러웠다.

너저분했다.

어떻게 묘령의 아가씨들이 사는 집이 이럴 수가 있을까 싶었다.

한쪽에는 멋대로 벗어던진 빨랫감, 식탁 위에는 먹다 남은 치킨과 피자 조각들. 침대에는 침대보가 너저분하게 구겨져 있고 갈아입고 나간 옷도 멋대로 던져져 있었다.

'그래도 여자라고…….'

향수 냄새는 진동을 했다. 한쪽 벽면을 차지한 초대형 거울도 보였다. 보통 거울은 아니었다. 기획사 명함도 보였다. 보아하니 둘 중 하나, 혹은 둘 다 아이돌 연예인을 꿈꾸는 모양이었다. 길모가 제대로 짚은 것이다.

'안을 싹 갈아치웠어.'

중개사의 말이 스쳐 갔다. 한순간, 혹시 이 뒤에 특수한 공간을 만들어 금고를 넣었나 싶었다.

'끙!'

밀어 보았지만 밀리지 않았다. 완전히 고정 접착된 거울. 그렇다면 금고든 뭐든 그 뒤에 있을 수 없었다. 옷장을 열어 보고 장식장에, 심지어는 냉장고까지 뒤져 보았다. 금고를 대신할 만한 건 보이지 않았다.

마지막으로 침대 매트를 들어보았다. 영화 같은 걸 보면 매트에 돈을 넣어두는 사람도 있다. 하지만 쿠션으로 보아 돈이 든 것 같지는 않았다.

'대체 무슨 공사를 했다는 거야?'

딱히 다른 게 보이지 않았다. 초대형 거울 벽면을 제외하면.

다라랑!

여긴 아닌가 싶을 때 장호의 문자가 들어왔다.

—차상빈이 왔어요.

"……?"

정신이 번쩍 들어온 길모는 서둘러 방을 나왔다.

다라랑!

—현관으로 들어갔어요.

다시 온 문자를 보고 길모는 계단을 택했다. 다리야 좀 아프겠지만 그게 더 안전하기 때문이었다.

—지금은?

—엘리베이터 탔어요.

—여자 애들은?

─혼자 탔어요.

계단참에서 문자를 확인한 길모가 고개를 갸웃거렸다. 장성한 딸이 사는 오피스텔. 그렇다면 그녀들이 있을 때 오는 게 맞았다. 갑자기 궁금증이 똬리를 틀자 길모는 내려가던 발길을 돌렸다.

탁!

차상빈이 2122호로 들어갔다. 가진 건 책 크기의 손가방뿐이었다. 무엇이 들었는지 묵직하게 늘어진 가방. 약간의 흔들림도 없었다. 그는 오래지 않아 나왔다. 나올 때의 가방은 홀쭉하고 가벼웠다.

'응?'

궁금한 마음에 길모는 재침입을 시도했다.

방 안은 그대로였다.

'뭘까?'

쇼핑백이 아니었다. 과일이나 채소를 담은 것도 아니었다. 분명 상당한 무게감이 있었기 때문이었다.

"장호야, 윤표한테 연락 좀 해라."

도로를 건너온 길모가 장호에게 말했다.

[왜요?]

"내일부터 시간 나면 여기 좀 체크해 달라고. 특히 차상빈……."

[뭐가 나왔어요?]

"나올지도 몰라서."

길모는 그 말을 끝으로 오피스텔을 바라보았다. 너무 골똘했던 건지 네모난 빌딩이 흡사 거대한 금고처럼 보였다.

'후읍!'

한잠 때리고 일어난 길모는 옥탑방에서 조금 떨어진 공원에 나와 호흡을 가다듬었다. 오르막에 설치한 공원은 여러 장애물이 많았다. 가볍게 몸을 푼 길모가 출격했다.

"하앗!"

투 핸드 볼트가 먼저였다. 그런 다음 은행나무의 가지를 잡고 빙글 돌았다. 착지는 가벼운 낙법을 썼다. 잘나가는 것 같았지만 여고생 둘이 문제였다. 그녀들이 박수를 치자 그걸 의식한 길모가 행잉에 실패하고 말았다.

주르륵!

높은 담장을 잡았던 손이 맥없이 미끄러졌다. 동시에 쓸모 없는 체면도 같이 미끄러지고 말았다.

"아, 이놈의 나이⋯⋯."

괜한 우윳곽을 걷어차며 구시렁거렸다.

이유가 있었다. 일반인에게야 서른 살이라도 청년에 속하지만 파쿠르는 달랐다. 아무래도 팔팔하고 탄력이 좋은 10대 중후반과 20대 초반을 당할 수 없는 것이다.

그래도 조금씩 매끈해지는 솜씨에 슬쩍 보람을 느끼는 길모.

[오늘은 무릎 안 깨졌어요?]

옥탑방으로 오자 오토바이를 닦고 있던 장호가 물었다.

"깨지기라도 바랐냐?"

길모는 장호를 쥐어박았다.

[옷 찾다가 났어요. 언제 한두 벌 더 사세요.]

"알았다."

길모는 방으로 올라와 흰 양복을 입었다. 거울 앞에서 카라를 세울 때마다 류 약사의 환청이 들려온다.

'잘 어울려요. 잘 어—울—려—어—요.'

마약이다.

그때마다 뇌리가 헐렁 앤드 헬렐레해지니까.

—준비 끝!

장호의 문자가 들어오자 길모는 문을 잠그고 계단참을 내려왔다.

"이야, 그렇게 차려입으니 신수가 훤하구만?"

그때 지하 방 택시기사 안문호가 문을 나서며 아는 척을 했다. 운행 중에 집에 들러 밥을 먹고 가는 모양이었다.

"아, 예……."

사람은 좋지만 자식 운이 없어 뒤치다꺼리하느라 바쁜 50대 후반의 택시 운전사 안문오. 같은 연립에 살지만 피차 얼굴 보기 바쁠 사이라 딱히 친하지도 않았다.

그런데!

'이런!'

무심코 그의 인당에 시선이 걸린 길모의 미간이 확 구겨졌다.

눈썹과 눈썹 사이에 자리한 인당. 그건 곧 한 사람의 생명과 운명의 가늠자이자 거울. 이 인당은 늘 맑고 빛나며 풍만해야 길하다. 하지만 안문오의 인당에는 느닷없는 먹구름이 몰려와 있었다.

"아저씨!"

길모는 차에 오르는 그를 쫓아갔다.

"왜? 타려고?"

"그게 아니고요. 운행 나가시게요?"

"대충 때웠으니 한 푼이라도 벌어야 먹고 살지."

길모는 인당의 검은 기세를 다시 읽었다. 앞으로 두 시간 후쯤이었다.

'이웃 사람 송장되는 꼴이야 볼 수 없지.'

"저기 오토바이가 좀 이상해서요. 좀 봐주실 수 있습니까?"

길모는 엉뚱한 말로 안문오를 택시에서 끌어내렸다. 그리고 돌부리에 걸려 넘어지는 척하며 안문오를 담장으로 밀었다.

"어이쿠!"

안문오가 신음을 내며 쓰러졌다.

"죄송합니다. 돌에 걸려서……."

"그건 괜찮은데 아랫배가 왜 이렇게?"

안문오가 고개를 돌리자 다른 것보다 조금 튀어나온 벽돌이 보였다. 인간 진단서 길모가 노린 벽돌이었다.

"아프시면 병원에 가보시죠?"

"아니야. 이런 걸로 병원에 가면… 윽?"

"제가 요즘 관상을 좀 배웠는데 오늘 상이 아주 안 좋습니다.

병원에 가보세요. 치료비는 제가 대겠습니다."

"괜찮대도… 윽!"

다시 옆구리가 결리자 안문오, 더는 버티지 않았다.

[그럼 그냥 쉬라고 하지 그랬어요?]

안문오를 병원에 옮기고 나오자 장호가 물었다.

"말을 들어야 말이지."

[하긴 나라도 안 믿지요. 나도 처음엔 그랬으니까.]

"됐으니까 이제 가자. 큰 병원에 왔으니 혹 사신이 오더라도
살 수 있을 거야."

[알았어요. 오늘 스타트가 좋은데요?]

장호가 와다당 마후라를 볶아댔다.

미미약국을 지날 때였다. 약국 문 열린 게 보였다. 장례가 끝
난 모양이었다. 마음 한편에는 궁금증이 일었지만 그냥 통과했
다.

길모의 관상 실력이야 인정받겠지만 선행에 대해 이러쿵저러
쿵하면 괜한 의심을 살 수도 있었기 때문이었다.

[음료수 사야죠?]

장호가 만복약국 앞에 서며 수화를 그렸다.

"오케이, 먼저 가라."

길모가 막 오토바이에서 내릴 때였다. 약국 안에서 류 약사가
왈칵 문을 열며 소리쳤다.

"홍 부장님!"

"류… 약사님!"

혹시나 뭔가 잘못되었나 싶어 바짝 긴장하는 길모. 하지만 류약사의 다음 말은 길모를 하늘로 띄워 올려 버렸다.

"부장님 말대로 그거 해결되었어요. 우리 약국에 들어온 고소와 진정이 전부 취하되었어요!"

제9장

권력 vs 관상

"홍 부장, 최고!"

마 약사가 엄지를 바짝 세워주었다. 고민이 사라지자 대머리에서도 윤기가 번쩍거렸다.

"대체 어떻게 한 거예요?"

류 약사는 궁금한 모양이다. 아예 길모 곁에 다가와 떨어지지를 않았다. 그러면 뭐하나? 옆에는 고춧가루가 두 개나 끼어 있다. 마 약사와 아줌마였다. 쓰읍, 눈치 하고는…….

"말하면 천기누설입니다."

길모는 일단 튕겼다. 자고로 말 많은 사람보다야 말 적은 사람이 묵직해 보이는 법.

"그나저나 외삼촌, 기부하세요."

류 약사가 마 약사에게 시선을 돌렸다.

"기부?"

"홍 부장님이 그랬어요. 외삼촌은 기부를 해야 대운이 터진다고."

"정말인가?"

마 약사가 길모를 바라보았다.

"그건 사실입니다. 약사님 관상이……."

"아니, 약국 운영하면 재능 기부 아닌가? 우리는 고객에게 무지하게 친절한데……."

"……"

"그건 안 되나 보지?"

"외삼촌, 언제는 일만 잘 해결되면 팍팍 쏘겠다더니……."

지켜보던 류 약사가 볼멘소리를 토했다.

"알았다. 알았어. 까짓것 기부하면 되지."

짠돌이 마 약사, 자의반 타의반으로 수락을 했다.

"그런데 어디다 기부를 해야 좋아요? 외삼촌 관상보고 그것도 정해주세요."

류 약사가 길모의 팔을 잡아끌었다. 그때까지 잘 버티던 길모, 그 바람에 심장에 심쿵 바람이 들기 시작했다.

"네? 어디다 해요? 그냥 아무 데나 막 해도 되요?"

류 약사가 옆에서 재촉하자 향수 냄새가 끼쳐 왔다.

'허얼!'

향수가 달랐다. 카날리아 아가씨들이 쓰는 향수는 두 가지다.

페로몬 계열이거나 진하거나. 전자는 남자들을 녹이기 위해 사용하는 아가씨가 있고, 후자는 담배 연기 자욱하니 잔잔한 향수는 별 효과가 없는 까닭이었다.

"헤, 헤르프메에 하세요. 그럼 대길할 겁니다."

길모는 쿨럭 기침을 참으며 말했다.

"헤르프메요?"

"검색하면 나와요."

"알았어요. 헤르프메!"

류 약사는 착하게도 메모까지 했다.

"알았어. 그렇잖아도 아프리카 같은 데 애들 좀 도와줄까 싶었는데 거기로 하지. 그건 그렇고 언제 밥은 한 번 먹어야지?"

"네?"

"내가 류 약사랑 함께 거하게 한 번 쏠게. 홍 부장이야 우리 단골인데다 이번에 여러 모로 도와줬으니 말이야."

거기까지는 그래도 좋았다. 외삼촌 고춧가루가 끼지만 없는 기회보다야 낫지 않은가? 게다가 류 약사를 사귀게 된다면 어차피 피할 수 없는 친척이었다.

문제는 그 뒤에 이어진 멘트였다.

"그리고 또 부탁할 일도 있고……."

"부탁이요?"

"외삼촌, 그 얘기하려고 그러죠?"

옆에 있던 류 약사가 정색을 했지만 마 약사는 태연하게 말을 이었다.

"아니, 메뚜기도 한철이라고 한참 피었을 때 남자를 사귀어야지 시들면 약사라고 해도 쳐다도 안 본다. 네 엄마랑도 얘기 끝났으니까 아무 소리 말고 내 말 들어."

분위기, 심상치 않았다. 그리고 길모의 예감은 딱 들어맞았다.

"밥 먹으면서 우리 류 약사가 새로 선볼 사람 관상 좀 봐주시게. 잘되면 내가 양복 한 벌 쏠 테니까."

길모의 인상은 서서히 굳어갔다. 하지만 속마음은 탄력 받은 KTX보다 빠르게 구겨지고 있었다. 아니, 그건 차라리 붕괴였다. 멘탈 붕괴!

내일 모레, 일요일 오후 다섯 시.

시간은 마 약사 마음대로 정해졌다. 돌아오는 일요일, 약국도 쉬고 길모도 쉬는 날인 걸 아는 까닭이었다.

"그러죠!"

길모는 내상을 감추고 친절한 미소로 대답했다.

'최악을 생각하면 최상!'

그렇게 생각하기로 했다. 핵폭탄급 고춧가루 마 약사에다 류 약사를 노리는 늑대의 관상 보기. 입맛이 썩 땡기는 옵션은 아니었지만 그래도 길모 몰래 일이 추진되는 것보다는 나았다.

적어도 길모도 같이 고춧가루를 뿌릴 수 있으므로!

신새벽, 일찍 퇴근하는 길에 차상빈의 사무실에 이어 빌라를 체크했다. 차상빈이 산다는 2층은 불이 켜 있지 않았다.

신문을 몇 부 챙겨들고 배달원처럼 가장한 장호가 먼저 안으로 들어갔다. 길모는 주변을 살피며 장호를 기다렸다.

[빈 집 같아요. 문 앞에 신문에 3부나 쌓여 있어요.]

그 말을 들은 길모는 빌라를 끼고 돌았다. 고개를 드니 2층 계단 쪽 창이 열린 게 보였다. 길모는 그곳을 통해 입실했다. 벽면의 대리석이 울퉁불퉁해서 파쿠르를 하기엔 큰 애로가 없었다.

다라랑!

현관 키는 간단하게 열렸다. 길모는 잠시 숨을 멈추고 안쪽을 집중했다. 그래도 혹시 누군가 있을지도 모르는 일이었다.

빌라 안에서는 침묵만이 새어 나왔다. 길모는 살며시 문을 열고 잠입했다. 거실은 넓었다. 안락한 소파가 눈에 들어왔다. 벽쪽의 장식장에는 와인과 양주가 가득했고 주방 쪽으로 미니 바가 보였다. 침실을 열자 물침대가 드러났다. 뭐하는 곳인지 알 것 같았다. 마음에 드는 여자를 데려다 편안하게 쉬어가는 곳. 차상빈의 개인 아방궁인 모양이었다.

'금고야, 금고야……'

길모는 사방을 살폈다. 거실 끝의 장식장 옆에 작은 금고가 보였다. 특별히 특별하지 않은 금고였다. 일단 눈도장만 찍어놓고 안쪽을 낱낱이 살폈다. 벽장 안에도, 옷장 안에도 금고장치는 없었다.

'이게 단가?'

이제는 금고만 봐도 대충 감이 오는 길모. 딱히 내키지는 않지만 금고 앞에 앉았다. 손잡이에 달린 키가 눈길을 끌었다. 6각

자물쇠였다.

6각 자물쇠는 넣은 열쇠의 끝이 돌아가서 잠금판을 밀어내는 원리다. 철사를 밀어 넣은 길모는 그 끝을 조절해 손잡이를 개방했다. 나머지 다이얼은 큰 무리가 없었다. 손을 대자 기어장치의 메커니즘이 길을 보여주었고 바로 항복을 해왔다.

딸깍!

소리는 청명했다. 어쩌면 호영도 이 소리에 반한 게 아닐까? 은밀하게 감춰진 부패한 인간들의 심장 열리는 소리. 그래서 그 카타르시스 때문에 더욱 몰입한 게 아닐까?

"......!"

금고 안의 물건을 본 길모의 입이 살짝 벌어졌다. 그 안에 든 건 대포통장과 현금 인출 카드들이었다. 큼지막한 순금 행운의 열쇠도 두 개나 있었다. 대략 수십 돈은 될 것 같았다.

길모는 통장과 카드만 대충 챙겨 들었다. 회장이 떠오른 것이다. 윤표가 찍어온 사진 중에서 길모는 재미난 관상을 가진 사람을 발견했다. 살짝 빗나간 금형이었다.

사람의 체형은 크게 목, 화, 토, 금, 수의 다섯 가지로 나눈다. 금형은 단단한 근골질을 가졌다. 옛날로 치면 무인이 될 상이다. 사진 속 인물은 회장의 부하로 보였는데 견실한 골격과 사각의 단정함이 돋보였다.

다만 아쉽게도 순수한 금형이 아니었다. 차라리 토형과 혼합되었으면 회장 밑에서 밥을 먹지는 않으련만 하필 금형치고는 다리가 길어 금의 몸에 목의 다리가 달린 꼴. 물형으로도 곰상에 속하는데 다리가 긴 곰이라? 곰의 위세를 다하기 어렵다. 따라서 파란만장한 인생을 보낼 상이었다.

길모가 그를 고려하는 건 차상빈의 운짱 때문이었다. 그녀가 무술의 고단자라니 이런 부하를 거느린 회장이라면 쓸모가 있을 수 있었다. 그런 다음에 금고 다이얼의 번호를 기록해 두었다.

[형!]

밖으로 나가자 장호가 다가왔다.

"별일 없지?"

[네. 뭐 좀 나왔어요?]

"여긴 아니다."

[예?]

"그 인간이 여자들 홀리는 아방궁인가 봐."

[으아, 그럼 정력제에 이상한 약 같은 거 있었겠네요?]

"죽을래?"

[헤헷, 농담이에요.]

"가자. 빨리 눈 붙이고 또 하루 시작해야지."

[옙!]

장호는 거수경례를 붙이고는 오토바이를 향해 뛰었다.

바다당!

저만치 빌라를 뒤로 하고 장호의 오토바이가 시동을 걸었다. 빌라는 길모가 원하는 곳이 아니었다. 하지만 완전 헛걸음은 아니었다.

'개똥도 약에 쓴다는데⋯⋯.'

길모는 헬멧을 눌러썼다.

차상빈의 예약이 3일 후 오더로 들어왔다. 길모가 생각하던 그 한계에 속한 날이었다. 텐프로 아가씨들에게 빠진 한량들의 한계. 길어야 일주일. 그 안에 반드시 다시 오게 되어 있었다.

한량과 접대의 차이다.

접대를 위해 텐프로에 오는 손님들은 그런 경향이 거의 없다. 설령 에이스에게 반했다고 보통 한 달 정도는 텀을 가지는 게 보통이었다. 그러니까 차상빈, 일단은 혜수에게 꽂혔다고 봐도 무방했다. 길모는 차상빈의 시간을 4번째로 할당했다. 새벽 1시 반이었다. 물론, 이유가 있었다.

류 약사를 만나기로 한 일요일, 길모는 몇 시간 눈을 붙인 후에 잠에서 깨었다. 잠이 오지 않았다. 설렘과 짜증의 교차 때문이었다.

설렘의 주체는 류 약사다. 어쨌든 그녀를 만나는 것이다. 하지만 고춧가루 마 약사가 있다. 그 고춧가루가 후추가루를 가지고 온다. 선을 볼 남자.

'이번에는 또 어떤 놈의 사진을 가지고 오려고⋯⋯.'

마 약사가 원망스러웠지만 어쩔 수 없었다. 그 역시 길모가 류 약사를 좋아하는 걸 모르기 때문이었다.

[형, 그거 입고 가려고요?]

길모가 흰색 양복을 꺼내자 장호가 하품을 하며 물었다.

"그래. 왜?"

[괜찮겠어요? 류 약사님 만난다면서……]

"류 약사가 이 옷 멋지다고 했거든."

[그냥 인사로 해본 말이겠죠.]

"그럼 뭘 입으라고?"

길모가 물었다.

[그러니까 형도 이제 옷 좀 사요. 자칭 타칭 관상왕인데……]

"그럼 한복에 두루마기 입고 중절모나 밀짚모자 눌러쓰고 다닐까?"

[에, 그건 좀……]

"그냥 이 옷으로 밀고 가련다."

길모는 흰색 양복을 걸치기 시작했다.

[형……]

"개성 있고 좋잖냐? 어차피 류 약사가 내 직업 모르는 것도 아니고……"

장호는 더 말하지 못했다. 틀린 말도 아니었다.

[태워다 드려요?]

넥타이까지 완료되자 장호가 오토바이 키를 흔들며 물었다.

"됐으니까 푹 쉬어라. 모처럼 윤표라도 만나든지……"

[그래도 돼요?]

"그럼. 오늘은 너도 자유다."

[알았어요. 대신 나 없다고 칭얼거리지 말고 류 약사님 확 잡고 오세요.]

"너나 잘해라. 응?"

길모는 장호의 머리에 불이 나도록 비벼주었다.

택시를 잡아탄 길모는 류 약사와의 약속 장소 앞에서 내렸다.
그런 다음 화장실에 들어가 거울에 비춰보았다. 길모가 보기에
는 훌륭했다. 양복 깨끗하지 사람 반듯하지 흠이 될 게 무엇인
가?

'가자, 홍길모!'

길모는 스스로를 격려하며 약속 장소의 문을 열었다.

"여길세, 홍 부장!"

마 약사는 먼저 와 있었다. 류 약사도 그 옆에 있었다. 못 보
던 정장을 갖춰 입은 류 약사는 우아하다 못해 품격까지 느껴졌
다.

"오셨어요!"

단아하게 인사를 류 약사에게서 나른한 향수 냄새가 풍겨 나
왔다. 길모는 하마터면 휘청거리는 모습을 보일 뻔했다.

"여기 앉으시게."

하지만!

스타트부터 마 약사가 초를 치고 들어왔다. 류 약사 옆에 앉
으려는 길모에게 자기 옆자리를 권한 것이다. 길모는 억지웃음
을 지으며 마 약사 옆에 앉았다.

"주문하시겠습니까?"

잠시 후에 종업원이 다가와 물었다. 앉기 무섭게 메뉴판을 보

고 있던 길모. 고민 아닌 고민을 하고 있을 때 마 약사가 두 번째 초를 쳤다.

"조금만 기다려요. 한 사람 더 올 거거든."

'응? 한 사람 더?'

설마 류 약사의 어머니가 오려는 걸까? 그 생각이 들자 진땀이 등골을 타고 흘러내렸다. 그건 대략 낭패였다. 그럴 줄 알았으면 조신하게 차려입고 오는 건데…….

"저기… 누가 오시는지……."

길모는 초조한 마음을 달래며 마 약사를 바라보았다.

"아, 그게 말이지……."

"어휴, 외삼촌은 정말……."

마 약사가 입을 열자 류 약사의 눈총이 날아왔다.

'뭐지?'

길모, 뭔가 심상치 않은 예감이 솔솔 밀려들었다.

"아, 마침 저기 오는군."

길모를 바라보던 마 약사의 눈이 입구로 향했다. 길모는 그 사이에도 의관을 정제하고 천천히 고개를 돌렸다.

"……?"

고개 돌린 상태로 그대로 망부석이 되어버리는 길모. 거기 걸어오는 사람은 반듯한 정장의 총각이었다.

"안녕하세요? 김승우입니다."

성큼 다가온 총각이 마 약사를 향해 반듯한 인사를 올렸다.

"어이쿠, 오랜만이야. 거기 앉아요."

마 약사, 호들갑스러울 정도로 친절하게 총각을 맞았다. 그런 다음에 바로 길모를 보면서 뒷말을 잇는다.

"아, 여기는 우리 약국 앞에서 가게 하는 홍 부장. 이번에 약국 일을 도와줘서 식사 좀 같이 하려고. 우린 밥만 먹고 갈 거니까 괜찮지?"

"그럼요. 저는 상관없습니다."

총각은 한껏 선량한 미소를 지었다. 순간, 길모의 수컷 본능이 무한폭발하기 시작했다. 반듯하다 못해 광이 나는 포스에서 불길한 예감이 솟아나고 있었다.

'뭐야? 이 고춧가루는……?'

길모의 경계심이 극한에 달할 때 마 약사가 세 번째 고춧가루탄을 강력하게 발사했다.

"우리 류 약사랑 선볼 친구. 현재 검찰청 검사인데 잘 좀 봐주게."

마 약사는 그 말을 길모의 귀에 대고 속삭였다.

"……?"

길모, 두 눈이 무한 확장되기 시작했다.

류 약사랑 선?

게다가 현직 검사?

이런 쉣!

이건 고춧가루가 아니라 핵폭탄, 아니 차라리 블랙홀의 등장이었다. 길모의 모든 것을 빨아들여 분해시켜 버리는… 길모의 온몸은 잠깐 동안 미친 듯이 경련했다. 척추뼈가 다 내려앉을 지경이었다.

하지만!

비극은 오롯이 길모만의 것이었다. 류 약사는 길모의 마음과는 상관없이 다소곳하게 총각과 대화 중이고, 총각은 매너의 교과서인 양 류 약사에게 잘 보이기 바빴다. 그건 마 약사도 대동소이했다. 원래 뻣뻣하던 태도와는 달리 아주 간드러질 정도다. 검사 앞에서는 인간성도 변하는 모양이었다.

"그래, 부친은 잘 계시고?"

"예, 이번에 장관 입각 제의설이 있어서 좀 분주하십니다."

"아이고, 저런… 장관이면 옛날말로 판서 아니신가?"

"아버님은 고사 중이신데 주변 분들이 워낙……."

"저런, 저런, 부친께서 워낙 고고하시고 명망이 높으시니……."

"과찬이십니다."

"뿐만 아니라 김 검사도 활약이 대단했다며?"

"아, 예… 이번에 성매매 일삼던 불법 룸싸롱 쓰레기들 좀 쓸어냈습니다."

'룸싸롱 쓰레기들?'

뒤틀리는 배알을 참으며 듣고 있던 길모의 심사가 급뒤틀리기 시작했다.

"룸, 룸싸롱? 큼큼!"

길모의 직업을 아는 마 약사가 헛기침을 하며 호흡을 골랐다.

"세상에 쓰레기들이 좀 많아야 말이죠. 그런 인간들이 사라져야 사회가 정화가 될 텐데 말입니다."

김승우는 정의의 사도처럼 굴었다. 동시에 표정 관리도 제대로다. 오만하거나 잘난 척이 아니라 겸손하고 성실한 표정을 잃지 않는 것이다.

"……"

길모는 잠시 고민에 빠졌다. 돌발 상황이었다. 무려 검사 경쟁자가 나타난 것이다. 길모가 생각하는 건 이게 아니었다. 셋이 만나 마 약사가 선 들어온 남자 사진을 내밀면 대충 썹어서 탈락시킬 요량이었다. 그런데 실물이 나타난 것이다.

더구나 이 인간!

퀄리티가 좋았다. 검사라는 직업이나 그가 가진 권력 때문에 그러는 게 아니었다. 인상도 검사급(?)이다. 류 약사에게 잘 보이려고 그러는 거겠지만 일단은 매너도 좋았다. 자칫하다간 길모가 품질 인증 도장을 찍어야 할 판이었다.

'그렇게는 안 되지.'

길모는 침을 넘겼다. 어느 날 류 약사가 갑자기 결혼을 발표한다면 그건 모르겠다. 하지만 이렇게 코앞에서 지레 포기하는 건 있을 수 없는 일이었다.

'검사든 나발이든.'

정면승부!

그에게 사회적 지위가 있다면 길모에게는 그보다 더한 지위를 가진 인간들조차 목을 매는 관상 실력이 있었다. 그리고 그건 결코 검사라는 신분에 비해 꿀리는 게 아니었다.

이렇게 된 거 한판 제대로 붙어보자. 어차피 용기 있는 수컷이 미녀를 얻는 법.

결단을 내린 길모는 입안에 든 음식을 우적우적 씹었다. 마치 눈앞에서 매너의 화신처럼 구는 김승우를 씹듯이.

와작!

그러다 스테이크에 든 작은 뼛조각까지 씹고 마는 길모. 이빨이 시큰하며 뼈마디가 시려왔지만 그냥 웃었다. 류 약사를 지킬수 있다면 이 정도 아픔은 아무 것도 아니었다.

"이제 우리는 그만 빠져 줄까?"

식사가 끝나자 마 약사가 길모에게 눈치를 주었다. 그동안 대충 관상을 봤으면 두 사람을 위해 비켜주자는 뜻이었다. 길모, 그럴 입장이 아니었다.

"죄송합니다. 아직 임무를 완수하지 못해서……."

길모는 입을 닦은 냅킨을 접시에 던지듯 내려놓았다.

"홍 부장!"

뭔가 심상찮은 분위기를 감지한 마 약사가 길모를 바라보았다.

"이분 관상을 봐달라면서요? 그걸 위해 여기까지 왔는데 제대로 봐야죠."

길모의 한마디는 세 사람을 놀라게 만들었다.

마 약사와,

류 약사와,

김승우였다.

"이, 이 사람이 무슨 말을 하는 거야? 어서 가세."

"왜 이러십니까? 금방이면 됩니다."

길모는 허둥지둥 재촉하는 마 약사의 손을 뿌리쳤다. 입장이 난처해진 류 약사의 볼이 빨개지는 게 보였다.

"관… 상요?"

그제야 눈치를 챘는지 김승우가 고개를 들었다.

"우리 엄마가 관상 좋아하시거든요. 그래서 아마 재미로……."

류 약사가 둘러댔다. 그런데 나중에 안 일이지만 그건 그냥 둘러댄 게 아니었다. 류 약사의 모친은 관상과 사주를 중요시하는 사람이었다. 그건 길모에게 길조였다.

"내가 관상 좀 보거든요. 현재 직업은 룸싸롱 웨이터고 말입니다."

길모는 직업까지 밝힘으로써 정면으로 선전포고를 날렸다.

"룸싸롱?"

김승우의 미간이 일그러지는 게 보였다. 비웃음이 듬뿍 서린 표정이었다.

"이봐, 홍 부장!"

마 약사가 역정을 냈다. 길모는 미동도 않은 채 응수했다.

"왜요? 그만두라는 겁니까?"

"이 사람이 왜 이래? 관상은 무슨 관상? 나하고 나가서 얘기하세."

마 약사는 한사코 길모를 잡아끌려 애썼다.

"아닙니다. 저는 괜찮습니다. 설화 씨 어머니가 좋아하신다니 그냥 보게 하시죠 뭐."

지켜보던 김승우가 나섰다. 딴에는 한껏 여유만만한 얼굴이었다.

"룸싸롱 웨이터가 관상도 보시나요?"

입가에는 조롱의 빛이 가득한 김승우. 하지만 류 약사를 의식해서인지 목소리는 여전히 반듯했다.

"좀 보지요."

길모 역시 차분한 목소리로 받아쳤다. 류 약사가 지켜보고 있었다. 원하든 원치 않든 이제 피 튀기는 게임장에서 마주선 두 수컷. 누구든 이성이 무너지는 인간이 패자가 되는 것이다.

"허, 룸싸롱에서 불법 성매매나 알선하는 주제들에… 대충 눈치로 때려잡아서 2차 주선 좀 해본 모양이죠?"

김승우가 선제타를 날렸다. 길모를 박살 내려는 몹쓸 의도가 담긴 자극이었다.

"모든 룸싸롱이 성매매를 하는 건 아닙니다. 검사들 중에도 썩은 분들이 간혹 있는 것처럼요."

"지금 검사를 웨이터와 비교하는 겁니까?"

김승우는 더욱 여유를 부렸다.

"먼저 펌훼를 한 건 검사님입니다. 저는 변론을 한 것뿐입니다."

"내가 본 룸싸롱들은 전부 불법 천지입니다. 성매매에 바가지요금, 나아가 미성년자 고용과 탈세… 거기 근무하시면 잘 아실 거 아닙니까?"

"제 단골 검사님들 중에는 안 되는 2차 해달라고 협박하는 분들도 있지요. 2차 안 시켜주면 그냥 안 둔다면서 말입니다. 그래도 한 번도 들어준 적 없습니다."

"……."

"……!"

이번에는 두 눈빛이 침묵으로 맞섰다. 비록 웃고 있지만 미소 속에서도 치열한 공방을 나누고 있었다.

"됐습니다. 그쪽 종사자들이야 되지도 않는 말을 늘어놓는데 달인들이지요. 그러니 관상이나 보고 가시죠. 뭐 제대로 볼 사람도 아닌 것 같지만……."

"그러죠. 저도 아무나 관상 보는 한가한 사람은 아니니……."

대답하는 길모의 눈에서 광채가 터지기 시작했다. 입장이 난처해진 류 약사과 마 약사는 숨을 죽였다. 어쨌든 관상 보기가 끝나야 정리될 상황이었다.

'유년운기부위!'

길모는 처음부터 김승우의 안면을 꿰뚫었다. 초전 박살 낼 묘수, 그걸 노리는 것이다. 여자는 원래 말 많은 남자를 싫어하는 법. 장황한 여러 말보다 단 하나의 승부수가 필요했다. 그래야 류 약사의 공감을 살 수 있었다.

'젠장!'

시작부터 한숨이 나왔다. 코와 이마, 볼과 턱뼈의 오악은 흠

잡을 데가 없었다. 이마는 훤칠하게 넓었으니 좋은 집안에서 잘 자랐고 코도 좋았다. 턱뼈 또한 모질지 않아 흠이 없는 것이다.

재산운을 나타내는 코, 재백궁 굿!

형제자매 사이를 보는 눈썹의 형제자매궁도 굿!

재산과 부모 유산을 보는 전택궁도 굿!

이사와 직장운을 보는 이마 끝의 천이궁도 굿!

관운과 출세운을 보는 이마 가운데의 관록궁도 굿굿!

길모, 슬슬 짜증이 나려고 했다. 하늘도 무심하시지 어쩌자고 이 인간에게 이렇게 많은 복을 몰아주었나 싶었다.

그런데!

청수한 관상을 따라 내려가던 길모의 눈이 목에서 급정거를 했다.

'가는 목!'

길모는 숨을 넘기며 다시 한 번 김 검사의 목을 가늠했다. 다소 살이 붙은 것 같지만 비만해 보이지 않는 몸매, 얼굴은 긴 듯하면서도 살짝 둥근 느낌… 물상으로 보면 봉황에 가까운 학의 상. 하지만 목이 가늘어보였다. 그건 곧 단명한다는 뜻?

길모의 머리가 팽팽 돌기 시작했다. 단명의 증거를 찾으려는 것이다.

증거는 이마의 일각에 있었다. 큰 운을 보느라 스쳐 지나간 이마. 기를 집중하자 그곳에서 시작된 검푸른 기운이 콧방울로 이어지는 게 보였다.

'나아가 입술까지?'

길모는 입에 고인 침을 꿀꺽 넘겼다. 액운이 입술까지 침범했으니 그의 목숨은 길어야 50세였다.

여유가 생긴 길모는 남자의 상징으로 불리는 눈으로 시선을 옮겼다. 단명. 그러니 조금 가혹하게 몰아붙인다고 해도 류 약사에게 미안하지 않아도 되는 것이다.

"……!"

거기서 길모는 또 하나의 대박을 찾아냈다. 김 검사의 눈은 합안이었다.

합안!

이는 기러기 눈을 의미한다. 기러기 눈을 가진 사람은 유순하지만 내심 욕심이 많고 음란하다. 자세히 보니 눈동자가 작고 누런빛이 서려 있다. 합안이 분명했다.

땡큐, 하느님!

또 하나의 단서를 찾아낸 길모의 눈이 간문을 향해 움직였다. 음란하다면 반드시 눈꼬리인 간문에 흔적이 있을 것이기 때문이었다.

'오!'

신은 무심치 않았다. 길모는 마침내 그곳에서 김 검사의 약점을 찾아내고 말았다.

"관상이란 게 이렇게 오래 걸리는 겁니까?"

김승우가 재촉을 핑계 삼아 길모를 깎아내렸다.

"아닙니다. 상은 다 보았는데……."

길모는 말을 아꼈다. 상이 나왔다고 냅다 까발리는 건 초보자

나 할 일이었다.

"뭔데 그러시나? 자꾸 초치지 말고 대충하고 나가세."

마 약사가 단박 재촉을 해왔다.

"그게 말씀드리기가……."

길모는 계속 뜸을 드렸다.

"말하세요. 나는 관상 같은 거 믿는 사람 아닙니까."

김승우 역시 빛나는 매너를 지키며 가세했다. 길모는 깊은 날숨을 쉰 후에 첫 마디를 꺼냈다.

"기호지세(騎虎之勢)이나 아쉽게도 하옥(瑕玉)이라……."

"하옥이면 옥에 티?"

마 약사가 물었다.

"예!"

"사람, 옥에 티 없는 사람이 어디 있겠나? 그 정도면 되었으니 가세나."

마 약사가 길모를 끌었지만 길모는 살포시 손을 밀어냈다. 치명타는 아직 길모의 입안에 있었다.

"말씀드리기 민망한 일인데 밖에서 따로 말씀드리면 안 될까요?"

길모는 일부러 시간을 끌었다. 그만한 긴장감이 필요한 일이었다.

"괜찮으니까 말씀하세요. 웨이터 관상가님."

김승우의 목소리에 슬쩍 짜증이 묻어나기 시작했다. 그제야 길모, 김 검사의 얼굴을 똑바로 바라보며 또렷하게 말을 이었다.

"하옥은 하옥이되 그게 여색입니다. 이틀 전에 여자와 잤지요? 시간을 보니 자정이 지난 시간이로군요."

"……?"

단 한마디에 김 검사의 여유는 박살이 나버렸다. 하지만 길모에게는 아직도 치명타의 옵션이 남아 있었다.

"실은 나흘 전에도 여자 관계가 있으셨군요. 합안이 반짝이는 걸로 보아 상대도 분명 합안일 터. 그렇다면 상대는 일반 여자가 아니라 술집 아가씨일 가능성이 높군요. 관상에서 합안은 본시 합안을 불러오는 상인지라!"

쾅!

뇌성벽력이 이는 소리가 들렸다.

김승우와,

류 약사와,

마 약사의 뇌리에서 콰르릉!

류 약사와 마 약사의 눈은 길모를 건너가 김승우에게 꽂혔다. 믿기 어렵다는 의미와 그의 반론을 기다리는 것이다.

"이 친구가 보자보자 하니까!"

인내심의 바닥을 드러낸 김승우가 결국 본색을 드러내며 펄쩍 뛰었다. 하지만 길모는 눈도 깜빡하지 않았다.

"틀렸습니까?"

"닥쳐, 당장 명예훼손으로 처넣기 전에 입 닥치라고!"

김승우의 목소리는 찢어질 듯 처절했다.

"그러시면 저는 얘기를 마저 해야겠군요. 나흘 전 이전의 일들까지 다 말해도 괜찮겠습니까?"

"나흘 전?"

"자정 즈음에 목돈을 챙기셨군요. 요즘 검사들 월급은 그런 시간에 나오던가요? 설마하니 검사가 웨이터들처럼 팁을 받은 것도 아닐 테고."

길모는 가지런한 시선으로 검사를 바라보았다. 아까 김승우가 머금고 있던 그 매너 가득한 눈빛. 그게 어느새 길모의 얼굴로 옮겨와 있었다.

길모는 보았다. 완벽하게 무너진 김 검사의 의지와 투쟁심. 자신의 치부를 들여다보는 길모였기에 검사조차도 어쩔 수 없는 일이었다.

"……!"

"나가시는 문은 저쪽입니다."

길모는 출입구를 가리켰다. 설사병에 걸린 수탉의 병든 얼굴처럼 썩은 표정이 된 김승우는 한마디를 뱉고는 퇴장을 했다.

"나, 참 재수가 없으려니 룸싸롱 웨이터 따위가……."

김승우는 저주를 퍼붓고 사라졌다. 사람들의 시선이 한꺼번에 쏠려왔다.

"식사들 하세요!"

길모는 직업 정신을 살려 사람들의 시선을 정리했다. 그리고 그 자신도 자리를 털고 일어섰다.

"류 약사님, 마 약사님, 괜히 좋은 시간을 망쳐서 죄송합니다. 하지만 알고도 넘어갈 수는 없는 일이라……."

길모는 그 말을 남기고 돌아섰다. 속으로는 깨를 팍팍 볶으면서.

시원했다.

통쾌했다.

정면승부로 물리친 경쟁자. 더구나 길모, 그 자신의 이미지에는 손상을 내지 않았다. 목소리를 높여 싸운 게 아니라 관상으로 위대한 검사님을 해치운 까닭이었다.

"아자!"

주먹을 불끈 쥐고 환호를 외쳤다. 날은 어두웠지만 길모의 마음속에는 햇살이 쨍쨍이었다.

"저기요, 홍 부장님!"

얼마나 걸었을까? 류 약사의 목소리가 날아와 길모의 어깨를 돌려세웠다. 돌아보니, 류 약사가 음식점에서 뛰어나오고 있었다.

"류 약사님!"

"그냥 가시면 어떡해요? 죄송해서……."

류 약사는 다소곳이 고개를 떨어뜨렸다.

"뭐 솔직히 기분 좀 안 좋긴 합니다. 밥 사신다기에 왔더니… 괜히 바보된 것도 같고요."

"죄송해요. 저도 여기 와서야 알았어요."

"……"

"아무튼 홍 부장님 덕분에 얼마나 다행인지 몰라요. 외삼촌도 그 사람이 그런 사람일 줄 몰랐다며 실망이 이만저만 아니에요."

"제가 좀 적나라했다면 그 점은 죄송합니다."

"제가 죄송하죠. 그리고 여러모로 도와주셔서… 정말 고마워요."

"하핫, 그렇게 말씀하시니……."

"저기… 이거요."

류 약사가 작은 포장을 내밀었다.

"뭐죠"

"넥타이 하나 샀어요. 그 하얀 양복에 잘 어울릴 거 같아서요."

"뭘 이런 걸 다……."

"외삼촌도 고맙다고 전해달래요. 아까는 괜히 다그쳐서 미안하다고도……."

"괜찮습니다. 다 이해합니다."

"오늘 솔직히 놀랐어요."

"제 관상요?"

"아뇨. 부장님 자세 말이에요. 어쩜 그렇게 듬직하고 초연하세요? 전 진짜 관상도사가 재림한 줄 알았어요. 우리 엄마가 보면 완전히 반하겠어요."

엄마가 반해? 땡큐, 땡큐…….

"고, 고맙습니다."

류 약사의 칭찬에 반듯한 태도가 살짝 무너지는 길모.

"그럼 내일 봐요."

"저, 저기……."

길모가 손을 내밀었지만 류 약사는 그대로 멀어졌다. 음식점 앞에 고춧가루, 아니 마 약사가 기다리고 있는 까닭이었다.

'아쉽긴 하지만……'

길모는 그녀가 탄 차가 멀어질 때까지 그 자리에서 움직이지 않았다. 그런 다음에 류 약사가 주고 간 선물을 뜯었다. 선물은 노란 넥타이였다. 도톰한 무늬에서 그녀의 향기가 나는 것 같았다.

'다음에는……'

길모는 넥타이를 안은 채 가만히 중얼거렸다.

'당신을 차지할 거야. 이 넥타이처럼!'

『관상왕의 1번 룸』 4권에 계속…

독고진 장편 소설

FUSION FANTASTIC STORY

100마일

100MILE

160.9344km.
투수라면 누구나 던지고 싶은 공.

『100마일』

"넌 야구가 왜 좋아?"

야구가 왜 좋냐고?
나에게 있어 야구는 그냥 나 자신이었다.

가혹할 정도의 연습도,
빛나는 청춘도 바쳤다.
그리고 소년은 마운드에 섰다.

이건 역사상 최고의 투수를 꿈꾸는
어떤 남자의 이야기이다.

Book Publishing CHUNGEORAM

우각 新무협 판타지 소설

북검전기

2014년의 대미를 장식할,
작가 우각의 신작!

『십전제』, 『환영무인』, 『파멸왕』…
그리고,

『북검전기』

무협, 그 극한의 재미를 돌파했다.

북천문의 마지막 후예, 진무원.
무너진 하늘 아래 홀로 서고, 거친 바람 아래 몸을 숙였다.

살기 위해! 철저히 자신을 숨기고
약하기에! 잃을 수밖에 없었다.

심장이 두근거리는 강렬한 무(武)!
그 걷잡을 수 없는 마력이,
북검의 손 아래 펼쳐진다!

Book Publishing CHUNGEORAM

유행이 아닌 자유추구 -
WWW.chungeoram.com

독고진 장편 소설
FUSION FANTASTIC STORY
100마일
100MILE
160.9344km.
투수라면 누구나 던지고 싶은 공.
『100마일』
"넌 야구가 왜 좋아?"
야구가 왜 좋냐고?
나에게 있어 야구는 그냥 나 자신이었다.
가혹할 정도의 연습도,
빛나는 청춘도 바쳤다.
그리고 소년은 마운드에 섰다.
이건 역사상 최고의 투수를 꿈꾸는
어떤 남자의 이야기이다.
Book Publishing CHUNGEORAM
유행이 아닌 자유추구 -
WWW.chungeoram.com